Peter Besser

Rot und Blau

oder

der mutige Weg zur Freiheit

* * *

Das Leben der Anastasija R. und Tamara B.

Zwei Frauenschicksale

Impressum
© P e t e r B e s s e r :
Rot und blau oder der mutige Weg zur Freiheit;
1. Auflage 2005
Einband: Wolfgang Hennig
Herstellung und Verlag: Books on Demand GmbH
Alle Rechte liegen beim Autor
ISBN 3-8334-3973-4

Inhaltsverzeichnis

1. Buch – Anastasija

I.	Kaiserwetter	Seite	1
II.	Die Flucht	Seite	5
III.	... und wieder Kaiserwetter	Seite	30
IV.	Der rote Stern erlischt	Seite	53
V.	Das Denkmal	Seite	64
Kurzbiographie			67

2. Buch - Tamara

I.	Der Tod	Seite	68
II.	Die Kindheit	Seite	69
III.	Staatsbesuch	Seite	71
IV.	Der Entschluss	Seite	83
V.	Abschied	Seite	97
VI.	In Kuba und Europa	Seite	102
VII.	In Bolivien	Seite	115
VIII:	Tania la Guerillera	Seite	128
IX.	In memoriam, made in GDR	Seite	138
Kurzbiographie			141

Erstes Buch – Anastasija

I. Kaiserwetter

Den Bock, der zwischen den Birken auftauchte, sah er nicht wirklich. Mit seinen Gedanken war er zu Hause bei seiner hochschwangeren Frau. Zur Jagd war er nur gegangen, um sich abzulenken und ihr und der Hebamme die erwünschte Ruhe einzuräumen. Er hob die Flinte. Der Bock war weg. An anderen Tagen hätte er sich geärgert, heute war es belanglos, ob und was er schoss. Er stützte sein Kinn auf die Balustrade des Hochstandes und schaute durch die Bäume hindurch. Unter ihm näherte sich ein Reiter. Das Pferd schnaubte, als dieser absaß. Der Reiter schwenkte ein Briefchen und rief der Etikette zuwider: „Es lebe die Großfürstin, die Großfürstin Anastasija ist da. Gott behüte und segne sie!"

„Brüll nicht so, Mischa! Du vertreibst dem Herrn das Wild", entgegnete Balaschin, der den Zaren auf seinem Verlegenheitsausritt begleitete. Mischa erkletterte den Anstand und reichte den Brief seinem Herrn. Nikolai öffnete die Meldung und fand bestätigt, was ihm der Reiter in seinem jugendlichen Übermut bereits zugerufen hatte. Trotz der Enge auf dem Hochsitz verbeugte sich Balaschin mit den Worten: „Meinen Glückwunsch, Majestät. Majestät hatten auf einen Thronfolger gehofft."

Nikolai II. und Zar aller Reußen lächelte, ehe er Balaschin antwortete. „ Wissen Sie, lieber Lew Alexandrowitsch, Kinder sind ein Geschenk Gottes und ich bin dem Schöpfer und meiner Frau dafür dankbar. Im übrigen ist auch die weibliche Erbfolge auf dem Thron der Romanows nicht ausgeschlossen. Denken sie nur an Jekatarina, die Große, eine Deutsche, wie meine Frau." Ein Rotkehlchen hatte sich auf das Dach des Hochsitzes gesetzt. Die beiden Männer schwiegen und lauschten dem Gezwitscher des Vögleins. Beide dachten das Gleiche: Hier draußen fanden sie die Ruhe, die sie im Schloss so oft vermissten. Das Leben und Treiben bei Hofe glich dem Auf und Ab wie in einer Stadt. Der Hofstaat war so etwas wie der Staat im Staate. Stand eine Geburt an, dann summte es wie in einem Bienenschwarm. Es war ein Kommen und Gehen, besonders in den Gemächern der Zarin. Die junge Großfürstin, die abgenabelt in ihrem spitzengeschmückten Steckkissen ihrem jungen Leben entgegen schlief, bekam von dem Trubel um ihre Person nichts mit. Vorsichtig rollte man den Stubenwagen auf den Balkon und war stets bedacht, dass genügend Schatten den Schlaf des Mädchens begleitete. Angesichts des warmen aber nicht heißen Sommertages hatte man sich dazu entschlossen.

Die Mädchen standen an der Reling des auslaufenden Schiffes. Sie kniffen die Augen zusammen, denn die Mittagssonne glitzerte im Wasser der Ostsee. Langsam entfernten sich die Türme von St. Petersburg, die nun als schwarze Silhouetten in den Himmel stachen. Ob gold glänzend oder mit hellgrünem Kupferspan überzogen, das gleißende Gegenlicht tauchte die Türme und Dächer der russischen Hauptstadt in ein einheitliches Schwarz.
„Kaiserwetter", sagte Anastasija auf Deutsch, wie sie es von Mama oft gehört hatte. Olga, ihre Schwester, lachte und hielt ihre Matrosenmütze fest, denn langsam kam Wind auf. „Komm, wir gehen in den Salon, man wird uns erwarten", meinte Olga und rannte auch schon los. Unbe-

merkt von den Mädchen war Mischa, der Diener, herangetreten, um ihnen die Weisungen ihrer Mutter auszurichten. Gerade hatte sich Anastasija umgedreht und wollte hinter ihrer Schwester her, prallte sie auch schon mit dem dienstbaren Geist zusammen. Beide erschraken. "Kannst du nicht aufpassen, Mischa?", fragte sie vorwurfsvoll. Mischa hatte instinktiv seine Arme um das Mädchen gelegt, um einen Sturz zu vermeiden. Beide schauten sich in die Augen. Michail bückte sich und hob ihre Matrosenmütze auf, die sie bei dem Zusammenstoß verloren hatte. „Anna...", mehr brachte er nicht heraus, da war das Mädchen schon weiter gerannt. Er biss sich auf die Lippen.

Wie konnte er es wagen, die junge Großfürstin einfach Anna zu nennen? Aber die Zwölfjährige hatte es überhört oder fand nichts dabei, von einem Bediensteten so angesprochen zu werden.

Im Salon hatten sich neben Mama ihre anderen Schwestern eingefunden. Nur ihr Bruder, der junge Zarewitsch war bei Vater in St. Petersburg geblieben. Die Mutter gebot den Mädchen, zu schweigen.

„So, Monsieur Balaschin wird uns jetzt erklären, wohin die Reise geht und wen wir besuchen werden. Alexandra Fjodorowna wartete ab, bis ihre Töchter auch wirklich still saßen. Dann erteilte sie mit einem „Lew Alexandrowitsch, ich darf Sie bitten...", diesem das Wort.

Ziel der Reise ist Deutschland, die Heimat der Mutter. Der inoffizielle Besuch, soll dazu dienen, die Mädchen mit ihren deutschen Verwandten bekannt zu machen und dabei auch das Kaiserreich dem etliche Vorfahren auf dem Zarenthron entstammen, kennen zu lernen. „In Kiel wird das Schiff anlegen und dann geht es weiter mit der

Eisenbahn ins Hessische." Balaschin erzählte den Mädchen etwas vom Herrscherhaus der Hohenzollern, die in Berlin regieren und davon, dass die Beziehungen zwischen beiden Zaren etwas abgekühlt seien, ohne sich ausführlich mit der weltpolitischen Lage des Jahres neunzehnhundertdreizehn auseinander zu setzen. Denn Politik wird nie das Betätigungsfeld der heranwachsenden Großfürstinnen sein. Vielmehr informierte er über die verwandtschaftlichen Beziehungen, Glaubensunterschiede und Unterschiede im Hofzeremoniell. Die Mädchen gähnten verstohlen, als er ihnen etwas von den Städten, die sie in Deutschland aufsuchen werden, erzählte. Was interessiert junge Mädchen die Industrieansiedelungen von Kiel und Berlin, wenn draußen die Sonne scheint und zum Tennisspielen auf Deck einlädt. Ja, hätte er etwas von der Berliner Sommermode erzählt oder wie sich die jungen Männer in Deutschland und Westeuropa kleiden, dann hätte Balaschin wesentlich mehr Aufmerksamkeit durch die jungen Damen erfahren. Aber die Mode und Träume der Mädchen waren nicht die Themen des alten Sekretärs.

Um das Inkognito zu wahren, reisten die kaiserlichen Damen nebst Begleitung im fahrplanmäßigen Zug. Nur die Abteile in der 1. Klasse waren reserviert und für die übrigen Reisenden nicht zugänglich. Die Fahrt durch die Norddeutsche Tiefebene ähnelte der Umgebung von St. Petersburg. Kamen sie aber durch Städte und Dörfer oder hielten sogar dort, sahen sie den Unterschied zwischen ihrer Heimat und Deutschland. Die Mutter erläuterte ihnen, dass man hierzulande auch in den Dörfern mehr Häuser aus Stein und Ziegeln baut und Holzhäuser bei weitem nicht die Verbreitung wie in Russland haben.

4

Jetzt, nachdem ihr die Mutter das gesagt hatte, erkannte sie den Unterschied. Anastasija war zwar aufgefallen, dass die Städte und Dörfer anders aussahen, ohne es eigentlich zu wissen, worin der Unterschied bestand. Auch der Baustil der Kirchen zeigte deutliche Unterschiede gegenüber denen in Russland. Die Verwandten begrüßten sie mit herzlichem Respekt. Sie umarmte und wurde umarmt. Sie und ihre Schwestern küssten und - die Küsse wurden nur zögerlich erwidert. Hierin waren die Deutschen zurückhaltender. Aber trotzdem wurden die Beziehungen von Tag zu Tag lockerer und warmherziger. Besonders die jungen Leute fanden schnell zueinander. Höhepunkt und Abschluss der Reise war eine Fahrt nach Berlin, wo sie mehrere Tage blieben. Sie erinnerte sich noch Wochen danach, wie sie mit Herzklopfen in der U-Bahn gefahren war. Züge ohne Rauch und Qualm rasten durch unterirdische Röhren kreuz und quer durch die Stadt. Das faszinierte sie mehr als die architektonischen und künstlerischen Sehenswürdigkeiten der deutschen Hauptstadt.

II.   Die Flucht

Leise rieselte der Schnee. Anastasija saß mit ihren Geschwistern und der Gouvernante beisammen und schaute hinaus. Ihr fiel der Text des gleichnamigen deutschen Volksliedes ein. Die Stimmung war gereizt. Sie musste sich mit ihrer Schwester Tatjana ein Zimmer teilen. Maria und Olga schliefen nebenan. Nur Alexej hatte sein eigenes Zimmerchen, einen Raum mit schrägen Wänden. Selbst Vater und Mutter bewohnten nur zwei Zimmer. Auf so engem Raum waren sie noch nie einquartiert worden, nicht einmal auf Reisen. Als es draußen noch wärmer war, luden die Herbsttage und Abende zum Spazierengehen ein. Der Park war großzügig angelegt und man konnte sich aus dem Wege gehen. Aber jetzt, die Abende werden länger, das Wetter unfreundlicher und die Nachrichten, die aus St. Petersburg und von der Front kommen nicht erfreulicher. Vater war nie ein großer Redner, aber jetzt schwieg er fasst immer und Mutter hatte meistens Migräne. Auch die Dienerschaft war, je nach Temperament, bedrückt, mürrisch oder sogar aufsässig. Nur Michail, den alle nur Mischa nannten, zeigte sich gleichmäßig aufgeschlossen und doch taktvoll. Seine Frau arbeitete in der Küche und mit seinen Söhnen spielte Anastasija manchmal. Sie war die Erste, die die Berührungsängste zum Volk, vertreten durch die Dienerschaft, verlor. Zuerst zeigte sich Mama wenig begeistert. Aber als Vater überraschender Weise kein Veto gegen Anastasijas Benehmen einlegte, akzeptierten auch die übrigen Geschwister ihr Verhalten und folgten ihrer Schwester. Heute fand keiner mehr etwas dabei, dass sich die jungen Großfürstinnen mit den beiden Jungen beschäftigten. Eigentlich war Michail im wehrfähigen Alter. Aber nach seiner Verwundung im vergangenen Jahr wurde er ausgemustert und kehrte als Bediensteter an den Hof zurück. Er gehörte zu dem Personal, dass man der internierten Zarenfamilie belassen hatte. Ja, es war ihm sogar gelungen, seine Familie aus dem unruhigen St. Petersburg herauszuholen und hier mit unterzubringen.

Anastasijas Umgang mit den beiden Buben war eher ein Ersatz für den erwünschten Kontakt zum Vater. Sie stellte verwundert fest, dass ihr dieser Mann, verheiratet, und doppelt so alt wie sie selbst, nicht aus dem Kopf ging. Speziell Michas Ältester, dem er den Namen des Landesherren gegeben hatte, war seinem Vater wie aus dem Gesicht geschnitten und damit Anastasijas heimliche Liebe. Was sie sich beim Vater nicht traute, erlaubte sie sich beim Sohn. Sie streichelte ihm übers Haar und drückte ihn auch manchmal an sich. Es war vorgestern, als sie es so einrichtete, dass sie neben Mischa zu stehen kam. Vorsichtig tastete sich ihre Hand an die seinige. Erst zuckte er zurück, dann ergriff er sie und drückte sie leicht. Warm stieg es in ihr hoch und Mischa drehte seinen Kopf leicht zu ihr, vermied es, ihr direkt ins Gesicht zu sehen. Man verkündete bei diesem Appell, dass die roten Truppen das Winterpalais besetzt hätten, nachdem der Kreuzer Aurora einen Signalschuss abgefeuert hatte. Im Winterpalais lagen Kadetten und ein Adelsseminar. Anastasija hatte vor Aufregung nur halb hingehört und nicht mitbekommen, dass es dabei zu einem Regierungswechsel gekommen war. Eine kommunistische Räteregierung hatte die Macht übernommen. Der neue Regierungschef hieß Lenin.

Von unten drang Lärm herauf. Türen wurden geschlagen und nach dem Bürger Romanow gerufen. Die ohnehin spärlichen Gespräche verstummten. Alle lauschten. „Sie sind beim Vater im Kabinett", meinte Olga, um die plötzliche Stille zu erklären. Vorsichtig öffnete Anastasija die Tür und schaute auf den Gang hinaus. „Tu es nicht! Bleib hier!", hörte sie ihre Schwestern rufen. Vorsichtig, leise auftretend ging sie in Richtung der elterlichen Zimmer. Auf dem Treppenabsatz stand ein Soldat mit aufgepflanztem Bajonett. Er hatte das Mädchen noch nicht entdeckt. Gerade wollte sie sich rückwärts davon schleichen, da wurde sie von hinten gepackt und in ein Zimmer gezogen. Es war Mischa. „Annuscha, haben Sie den Verstand verloren? Wo wollen Sie hin?" Er hatte sie zärtlich mit „Annuscha" angesprochen. Er sagte, was er gehört hatte. Man beabsichtigt die Zarenfamilie von hier weg, wahrscheinlich nach Sibirien zu bringen. Er hatte es von einem Soldaten des Kommandos erfahren, einem Bekannten, mit dem er noch voriges Jahr an der Front gestanden hatte. Dieser war heute Rotgardist, Mischa wieder Zivilist.

„Annuscha, soll ich sie von hier weg bringen? Es wäre nicht die erste Revolution, die ihre Herrscher umbringt. Ihnen und ihren Geschwistern stehen vielleicht Jahrzehnte an Kerkerhaft bevor. Um unsere Liebe willen, fliehen Sie!" Anastasija errötete und musste lächeln. Die von Mischa heraufbeschworene Gefahr völlig ignorierend, umarmte sie ihn, wie sie es immer mit seinem Sohn geübt hatte. Ja, es war doch anders, als einen Knaben in den Arm zu nehmen. Sein Bart kratzte und sie konnte ihren Kopf auf seine Schultern legen. Sie schloss die Augen. Mischa küsste sie auf die Stirn, um seiner Forderung Nachdruck zu verleihen. Noch einmal machte er ihr klar, dass sie fliehen müsse, wenn sie der Gefangenschaft oder gar dem Tod entkommen wolle. Als sie in den Saal zurückkehrte, stand der alte Balaschin, eskortiert von zwei Rotarmisten, und verkündete den Beschluss der neuen Regierung, den Zar samt Familie nach Sibirien zu verbannen. Die Familie hat sich innerhalb von vierundzwanzig Stunden reisefertig machen. Nachdem Balaschin das Regierungsdekret verlesen hatte, verneigte er sich vor Zar und Zarin. Dann verließ er, in Begleitung von zwei Wachsoldaten das Landhaus. Die übrigen Soldaten blieben als

Wache zurück. Kaum war die Familie wieder allein, trat Anastasija vor und sprach vom Vorschlag, den Mischa ihr gemacht hatte. „Dazu wird es zu spät sein", sagte ihr Vater und zeigte auf die Posten im Park. „Die Zarin und der Zarewitsch bleiben bei mir. Wenn ihr, meine Töchter, euch retten wollt, so steht euch das frei." Außer Anastasija erklärten alle spontan, zusammenbleiben zu wollen. Die Zarin ließ durchblicken, dass Russlands Verbündete die kommunistischen Machthaber nicht tolerieren würden und über kurz oder lang die politische Wetterlage zu Gunsten des Herrscherhauses umschlagen würde. Der Vater meinte, dass die Verbringung nach Sibirien, weg vom revolutionären Zentrum des europäischen Russlands durchaus dem Fortbestand der Dynastie dienlich wäre.

In Anastasija kamen zwiespältige Gefühle auf. Wer hat nun Recht, Mischa oder Vater? Flucht hieße vielleicht in der Nähe von Mischa zu bleiben, die Deportation antreten mit der Familie das Schicksal teilen.

Das Häuschen hinter der Kirche stand gleich neben dem Pfarrhaus und war von der Straße nicht einzusehen. Auch Mischa hatte Mühe, das Haus seines ehemaligen Regimentskommandeurs zu finden, obwohl er während seiner aktiven Zeit zweimal hier gewesen war. Der Oberst war an der Front. Trotzdem war seine Frau bereit, Kinder des Zaren zu beherbergen und ihnen bei ihrer Flucht behilflich zu sein. Die Lage des Häuschens in einem Stadtteil, deren Bevölkerung dem Herrscherhaus ergeben war, bot somit einen guten Unterschlupf. Nur Anastasija hatte sich Mischas Argumenten gebeugt und die Flucht gewagt.

Neben der Hausherrin war noch eine etwa siebzigjährige Tante anwesend. Die beiden Neuankömmlinge wurden ihr vorgestellt und einer kritischen Prüfung unterzogen. „Nun, du hast den mutigen Schritt in die Freiheit gewagt. Er ist mutig und notwendig. Wenn man in die Geschichtsbücher schaut, liest man, dass Revolutionäre des Öfteren einen Hang zum Königsmörder entwickeln. Denken wir an Cromwell und Robespierre. Ob Herr Uljanow, der sich Lenin nennt, die Tradition dieser Revolutionsführer fortzusetzen gedenkt, wissen wir nicht."

„Nun mach dem Mädchen nicht solche Angst", entgegnete ihre Nichte und setzte den Geschichtsexkurs fort: „Wenn dieser Lenin genau nachliest, dann wird er feststellen, dass beide von dir genannten Männer kein rühmliches Ende gefunden haben. Cromwell wurde posthum gehenkt und Robespierre landete auf der Guillotine. Wenn er sich ein ähnliches Schicksal ersparen will, dann wird er Väterchen Zar kein Haar krümmen." (Lenins Tod ist umstritten. Entweder starb er an den Folgen eines Attentates, einem Lungensteckschuss, oder an einer verschleppten Syphilis.)

Mischa meldete sich ehrerbietig aber energisch zu Wort und machte die beiden Damen darauf aufmerksam, dass Anastasija noch nicht in Sicherheit sei und dass beim Abtransport der Familie, der in den nächsten Stunden beginnen sollte, ihr Fehlen bestimmt bemerkt werde und die Suche nach ihr beginne. Mischa beschloss noch einmal zurückzufahren und den Internierten auszurichten, dass Anastasija in Sicherheit sei. Um ihre Flucht nicht zu gefährden, soll die Familie beim Abtransport ihr Fehlen möglichst lange geheim halten. Bei der Flucht hatte Mischa ihr Sachen seiner Frau geliehen. Die Damen wollten der Großfürstin etwas standesgemäßere Garderobe zur Verfügung stellen. Mit dem Hinweis: „Je ärmlicher, desto unauffälliger", wies Anastasija das Angebot zurück. Die beiden Frauen versicherten sie ihres aufrichtigen Mitgefühls. Frau Oberst meinte schließlich, dass es im St. Petersburg von heute die beste Fluchtbekleidung sei und dass ihr Mann wahrscheinlich ebenso entschieden hätte.

Schneeregen fegte durch die Straße. Die Menschen zogen die Köpfe ein. Auch die Wachsoldaten am Hafen hatten die Kragen hochgeschlagen und trugen die Gewehre mit dem Kolben nach oben. Das Fuhrwerk mit den Fässern und Kisten, das zum Entladen anstand, beachtete niemand. Die Frau neben dem Fuhrmann fiel nur dadurch auf, dass sie sich bei ihm eingehakt hatte und ihren, mit einem dicken Kopftuch bewehrten Kopf an seine Schulter anlehnte.

„Ach Mischa, ich könnte stundenlang so mit dir fahren, trotz Schnee und Wind. Wann sehen wir uns wieder?"

„Wenn wieder Frieden im Lande ist, Annuscha. Ich werde dich nicht vergessen." Wider jeder Etikette beugte sich Mischa zu der jungen Großfürstin und küsste sie zum Abschied. Dann war ihr Fuhrwerk dran. Anastasija stieg ab und lud sich einen Ballen auf den Rücken. Zusammen mit anderen Schauerleuten kletterte sie die Reling empor, um ihre Ladung auf dem Schiff mit der blauen Flagge und dem gelben Kreuz darauf zu verstauen... . Das Fuhrwerk war inzwischen weitergefahren.

Nachdem sie zwei Tage und zwei Nächte im Zug gereist waren hieß es plötzlich: „Aussteigen!" Die Wachsoldaten wurden jetzt von Männern in schwarzen Lederjacken und -mützen abgelöst. An den Ledermützen leuchtete ein roter Blechstern. Über der Ledergarnitur trugen sie Pelzmäntel aus Schafwolle, aber nur, wenn die Witterung nichts anderes zuließ. Tschekisten nannten sich die Männer. Die Tscheka war die Geheimpolizei und Abwehrdienst der neuen Regierung. Einer dieser Männer betrat das Abteil, in dem die Zarenfamilie untergebracht war, und nahm eine Anwesenheitskontrolle vor. Dabei stellte er fest, dass nur drei statt vier Töchter im Zug saßen. Alexandra Fjodorowna, die der Tschekist mit „Bürgerin Romanowa" ansprach, behauptete, dass ihre Tochter Anastasija in St. Petersburg bei einem Stadtbesuch festgenommen worden sei. Man hatte den Eltern versprochen, die Tochter hinterherzuschicken und sie habe gehofft, dass sie hier wieder zur Familie stoßen würde. Der Mann im Lederzeug knurrte etwas Unverständliches und begab sich in den Telegrafenraum des Bahnhofes.

Während dieser irgendwo im Ural sich vergeblich um eine Telefonverbindung bemühte, kletterte der erste Offizier in den Laderaum und forderte das Fräulein auf, heraufzukommen, da das Schiff soeben die russischen Hoheitsgewässer verlassen habe. Kaum war Anastasija oben, atmete sie frische Ostseeluft. Im Laderaum war es trotz der Kälte stickig. Ein Schiff mit zwei qualmenden Schornsteinen kam rasch näher. Beim Anblick der roten Flagge am Mast erschrak Anastasija. Aber der Offizier beruhigte sie und sagte ihr, dass die deutsche Reichskriegsflagge ebenfalls ein rotes Fahnentuch sei. Als der Deutsche die schwedische Flagge am Mast erkannte, drehte er bei. Nun erkannte das Mädchen die schwarzen Balken auf dem roten Fahnentuch, die diese Flagge so wohltuend von dem Tuch der Revolutionäre in ihrem Land, das sie soeben erfolgreich hinter sich gelassen hatte, unterschied. In der Offiziersmesse hatte man für Anastasija gedeckt und sie langte mit gutem Appetit zu, ohne dabei die höfischen Tischsitten völlig außer Acht zu lassen, die ihr in Fleisch und Blut übergegangen waren. Das Essen während der Internierung war nicht besonders gut und seit der letzten Mahlzeit an Land, war fast ein Tag vergangen. Die Schiffsoffiziere sprachen leidlich deutsch, die einzige Sprache, die beide verstanden. Französisch und russisch war den Seeleuten fremd und englisch hatte Anastasija bisher kaum kennen gelernt. Nach dem Essen ließ man ihr ein Bad ein und spendierte einen sauberen Matrosenanzug. Jetzt fühlte sie sich fast wie früher im Palast. Trotz des Schlingerns und der Maschinengeräusche schlief das Mädchen tief und fest. Auch der Schlaf war in den letzten aufregenden Tagen zu kurz gekommen. Als am Horizont die Silhouette Stockholms auftauchte, versprach der Kapitän, nach ihren Verwandten zu suchen. Bis dahin müsse sie an Bord bleiben und dürfe das Hafengelände nicht verlassen, da sie über keinerlei Papiere verfüge.

Am übernächsten Tag, Anastasija hatte sich in eine Decke gewickelt und auf dem Vorderdeck bequem gemacht, brachte man einen Mann zu ihr, der sich als Schwager ihrer Mutter vorstellte: „Sie, Durchlaucht, können ihre Mutter nicht verleugnen. Ich habe die Erlaubnis, Sie von Bord zu holen und freue mich, Sie in meiner Familie als Gast begrüßen zu dürfen." Dann küsste er ihre Hand. Am Kai wartete eine zweispännige Kutsche mit Pelzdecken für die Fahrgäste. Aber Kälte machte ihr nichts aus. Lagen doch St. Petersburg und Stockholm auf annähernd dem gleichen Breitengrad. Sie fuhren zu dritt. Im Wagen hatte die älteste Tochter ihres Onkels, wie sie ihn schlankweg nannte, auf beide gewartet. Man sprach französisch. Das Mädchen war etwa fünfzehn Jahre alt und schaute achtungsvoll auf ihre Cousine, die aus dem revolutionären Russland geflohen war.

Seit einem halben Jahr rückten politische Themen bei Gesprächen im Familienkreis der schwedischen Verwandten zunehmend in den Vordergrund und machten auch vor den Kindern nicht halt, zumal die Ereignisse in Russland zu mindestens mittelbar in das Familiengeschehen eingriffen. Etwas Geheimnisvoll-romantisches lag über dem Geschehen im Nachbarland. Wer waren die Revolutionäre? Was ist ein Bolschewist? Fragen, auf die Cousine Margit keine befriedigende Antwort erhielt. Deshalb ihre erste Frage an Anastasija:

„Bist du den Revolutionären begegnet, hast du einen richtigen Bolschewisten kennen gelernt?"

Ihr Vater ermahnte Margit, die Großfürstin, ihren Gast, nicht mit solchen infantilen Fragen zu behelligen. Aber Anastasija lenkte ein und zwischen den Mädchen entspannte sich ein lebhaftes Gespräch. Nach einer reichlichen Stunde Fahrt, hielt die Kutsche vor dem Haus ihrer Verwandten. Die beiden Mädchen waren Freundinnen geworden. Als Anastasija nach der Ankunft ihre Tante und Margits
jüngeren Bruder Albert begrüßte, konnte sie mit Recht behaupten, schon viel von ihnen gehört zu haben.

Es stand fest: Die Zarenfamilie war nicht komplett angereist, Tochter Anastasija war verschwunden. Die Tscheka in Petrograd hatte zwar versprochen, den Fall in vierundzwanzig Stunden zu klären, war aber schlicht überfordert. Von der

Front trafen beunruhigende Nachrichten ein. Auch der örtliche Stadtsowjet wollte nicht, wie er sollte. Die Mitglieder anderer politischer Gruppierungen legten sich mit der kommunistisch-bolschewistischen Führung an. Hinzu kam die schwierige Versorgungslage, die dazu führte, dass die Bevölkerung dem System zunehmend kritisch-abwartend gegenüberstand. Die Tschekaführung legte das Telegramm aus dem fernen Sibirien zur Seite... . Als nach Tagen immer noch keine Weisung aus Petrograd eingetroffen war, entschloss sich der Kommandeur des Geleites, in Abstimmung mit der örtlichen Abwehrzentrale, die Reise nach Jekaterinburg auch ohne das vermisste Kind fortzusetzen. Die Entscheidung wurde dem Zaren mitgeteilt. Die Familie nahm es erleichtert auf, zumal die befürchteten Repressalien gegen sie ausblieben. (Dass man sie in einem halben Jahr alle samt erschießen wird, erwartete zu diesem Zeitpunkt niemand.)

Onkel Frederik saß an seinem Schreibtisch. Davor hatten seine Frau und Anastasija Platz genommen.
„Ich habe hier zwei Schreiben. Das erste vom Außenministerium, das andere von der deutschen Botschaft. Das Außenministerium teilt mir mit, dass man die Familie des Zaren nach Jekaterinburg verbracht hat. Einzelheiten sind dem Botschafter nicht bekannt. Wir wollen und können hoffen, dass noch alle am Leben sind. Ich habe auch eine gute Nachricht. Deutschland ist bereit, dir Asyl zu gewähren, zumal deine Mutter eine Deutsche war. Für mich steht nun die Frage, unter welchem Namen lassen wir deine Papiere ausstellen? Es dürfte den Bolschewiken kaum entgangen sein, dass ein Kind fehlt. Vielleicht suchen sie nach dir? Die Gegner des Regimes

könnten eine eigene Regierung gründen und dich als Großfürstin zur Zarin machen."

Anastasija nickte erschrocken. Ihr wurde klar, dass sie noch lange nicht in Sicherheit war, zumal sie hier in Schweden nur einen Zwischenaufenthalt eingelegt hat. Am nächsten Tag gingen sie gemeinsam zur deutschen Botschaft. Der Botschaftsrat teilte die Bedenken ihres Onkels und empfahl, den Namen ihrer Mutter anzunehmen und auch ihren Vornamen eindeutschen zu lassen. Aus der russischen Großfürstin Anastasija wurde die schlichte deutsche Komtesse Anna v. Hessen-Darmstadt. So stand es dann auch in ihren Papieren, die sie beim Verlassen der Botschaft ausgehändigt bekam. Damit versehen und Dank des Einflusses ihres Onkels erteilten ihr die schwedischen Behörden die Aufenthaltserlaubnis.

Man beschloss, Anna (an den neuen Namen mussten sich alle erst noch gewöhnen) bis zum Frühjahr noch in Stockholm zu beherbergen und erst, wenn das Wetter besser wird, soll sie nach Deutschland heimkehren.

Es herrschte jene erwartungsvoll-gespannte Atmosphäre auf dem Bahnsteig, die der Abfahrt internationaler Züge vorausgeht: Verabschiedungsszenen, Schaffner, die nervöse Fahrgäste zu ihren Wagen dirigieren, Rufe nach Kofferträgern. Anna stand am Fenster ihres Abteils und lächelte dankbar zu ihren schwedischen Verwandten hinunter, die ihr über Monate gute Gastgeber gewesen sind. Ob man sich jemals wieder sieht? Dank der Bemühungen ihrer Tante und ihres Onkels hatte Anna heute wenig gemein mit der Anastasija, die man, nur mit einem Matrosenanzug bekleidet, damals im Dezember in Empfang genommen hatte. Die knapp achtzehnjährige Komtesse trug ein Hütchen mit kurzem Schleier und ein figurbetontes Kostüm. Das Mäntelchen mit dem Pelzkragen hatte sie bereits ausgezogen. Eine Handtasche, passend zum Kostüm, und zwei mittelgroße Lederkoffer vervollständigten ihre Ausstattung, mit der man sie in Schweden ausstaffiert hatte.

Mit gewaltigem Dampfausstoß setzte sich der D-Zug Stockholm über Berlin, Prag bis Budapest in Bewegung. (Eigentlich fuhr er bis Bukarest, doch während des Krieges ließ man ihn im Ungarischen enden.) Als der Zug die Bahnhofshalle verließ, empfing ein sonniger Märztag die Reisenden. Anna kniff die Augen zusammen. Ein Jahr war es jetzt her, dass man sie inhaftiert hatte und aus St. Petersburg wegbrachte. Sie musste an ihre Eltern und Geschwister denken. Insbesondere Bruder Alexej machte ihr Sorgen. Würde seine angegriffene Gesundheit die Strapazen der Haft und der Reise in die Verbannung überstehen? Die letzten Rückfragen beim Außenministerium bestätigten nur das bisher Bekannte, die Zarenfamilie lebt in Jekaterinburg.

„Warum weinen Sie, Mädchen?" Anna fuhr herum und griff sich ins Gesicht. Sie hatte gar nicht bemerkt, dass ihre Tränen liefen während sie am Abteilfenster stehend hinausblickte. Neben ihr stand eine Frau. Ohne eine Antwort abzuwarten fuhr sie fort. „Haben Sie auch Angehörige in diesem Krieg verloren? Ich nehme an, Sie kommen aus Deutschland. Ich hörte, wie auf dem Bahnhof deutsch gesprochen wurde. Dieser Krieg ist das Furchtbarste, was unser Vaterland seit langem erlebt hat." Anna entschuldigte sich und erzählte, dass ihre Eltern interniert seien und sie noch gar nichts wisse... . Ihr fielen die Worte des Onkels ein, vorsichtig gegenüber Männern zu sein, die sich ihr zu nähern versuchen. Sie könne nie wissen, ob ein Mann nur auf Bekanntschaft mit einem jungen Mädchen aus sei oder ob russische Spione nach Anastasija suchen. Anna brach ihre Antwort ab, als ihr die Mahnungen des Onkels wieder einfielen. Könnte es nicht auch eine Agentin sein, die sie anspricht? Die Frau lächelte. „Entschuldigung, ich wollte nicht aufdringlich sein, aber wir sind hier die einzigen Deutschen und da dachte ich, wir Landsmänninnen sollten zusammenhalten. Ich bin die Frau von Boeheim." Sie gab Anna die Hand. „Ich heiße Anna", antwortete das Mädchen. Weiter wollte sie sich, eingedenk der Mahnung ihres Onkels, nicht äußern. Trotzdem flößte ihr die Frau, etwa im Alter ihrer Mutter, Vertrauen ein. Ja Mutter fehlte ihr manchmal. Frau v. Boeheim fuhr fort: „Die Berta von Suttner hatte schon Recht mit ihrem Aufruf, *die Waffen nieder*! Doch keiner wollte damals auf die engagierte Pazifistin aus Österreich hören." Sie merkte, dass Anna offensichtlich noch nie etwas von Bertha v. Suttner gehört hatte und erzählte ihr deshalb etwas über das Wirken dieser bemerkenswerten Frau. Anna hörte interessiert zu. Politik war für sie ein unbekanntes Feld. Erst die jüngsten Erlebnisse in ihrem Vaterland hatten sie schmerzhaft mit der Politik konfrontiert. Trotzdem waren für sie politische Strömungen, wie Pazifismus, etwas völlig neues. Dass sich eine Frau mit Politik beschäftigt, bemerkte sie ebenfalls mit Bewunderung. Sie konnte vorerst gar nichts dazu sagen und hörte der Boeheim nur zu. Die hatte auch nichts anderes erwartet und erzählte ihr vom Tod ihres Mannes, der schon neunzehnhundertfünfzehn gefallen war. Danach habe sie angefangen über Sinn und Unsinn von Kriegen nachzudenken und Kontakt zu Frauen mit gleichen Überlegungen aufgenommen. Dabei sei sie auch auf die Schriften der v. Suttner gestoßen.

„Immer mehr Frauen in Deutschland machen sich Gedanken über den Krieg. Ob Soldatenfrauen oder Offizierswitwen von Adel, alle verbindet das gleiche Schicksal, Männer, Söhne und Brüder verloren zu haben."

„Vielleicht hat das in Russland die Revolution ausgelöst?", erwiderte Anna leise.

„Ich sehe, du beginnst dich für Politik zu interessieren. Der, ich hoffe nur vorübergehende Verlust deiner Eltern, hat dich nachdenklich gemacht. Sind sie in Russland interniert?" Anna nickte bejahend.

Der Kellner lief mit einem Gong durch die Gänge und rief zum Abendessen. Frau v. Boeheim lud Anna ein. „Deine Wegzehrung, die dir deine Verwandten mitgegeben haben, kannst du später noch essen." Am Speisewagen angekommen, geleitete sie ein Kellner zum Tisch, rückte die Stühle zurecht und brachte die Speisekarte. Der Boeheim fiel auf, dass Anna das wie selbstverständlich empfand und die Gediegenheit dieses Salonwagens als vertraute Umgebung genoss. Vorsichtig fragte sie Anna nach ihren Eltern. „Ich bin eine von Hessen. Mein Vater ist ein hoher General. Er stand in russischen Diensten. Die Bolschewisten haben ihn, zusammen mit Mama, inhaftiert. Um das Mädchen nicht weiter mit ihrer Vergangenheit zu belasten, wechselte sie das Thema. Die beiden Damen hatten sich entschlossen, Limonade zu trinken. Leicht zischend standen die beiden Gläser mit „Wasser im eigenen Saft", wie die Boeheim das Getränk scherzhaft nannte, vor ihnen.

Anna schlug die Augen auf. Draußen war es bereits hell. Sie fand sich auf der Polsterbank eines D-Zugabteiles wieder. Ihr gegenüber lag Frau v.

19

Boeheim und schlief noch. Leise stand Anna auf, um am Gangfenster frische Luft zu schnuppern. Sie fragte einen vorbeikommenden Schaffner, wo sie denn seien. Er nannte ihr einen Ortsnamen, mit dem sie nichts anzufangen wusste, gab ihr aber zu verstehen, dass sie in etwa einer Stunde an der Fähre in Trelleborg sein würden. Im Nachbarabteil erwachten die Reisenden auch allmählich. Sie überlegte, ob sie Frau v. Boeheim wecken sollte, entschloss sich aber, zu warten, bis sie munter wird. Da sie Hunger bekam, aß sie von der Wegzehrung, die sie am Vortag nicht angerührt hatte. Interessiert verfolgte sie wenig später, wie der Zug vorsichtig auf der Fähre rangiert wurde. Während sie an der Reling stehend dem Rangierbetrieb zuschaute, trat die Boeheim an sie heran, legte vorsichtig ihren Arm um Annas Schulter und erkundigte sich, ob sie gut geschlafen habe. „Ich habe schon schlechter geschlafen", antwortete sie und dachte dabei an die ersten Stunden im Laderaum des Schiffes, dass sie nach Schweden brachte. Sie erzählte von ihrer Flucht auf einem schwedischen Schiff aus Russland und ihrer Fahrt zu Verwandten. Ihre Mitreisende ahnte, was dem Mädchen widerfahren war. Behütet, im bürgerlichen Wohlstand aufgewachsen, durch die revolutionären Ereignisse von ihren Eltern getrennt, wurde sie mit einem völlig neuem Leben konfrontiert, das sie bisher tapfer meisterte.

Die Ostsee glich einem grauen Teppich, auf dem die Fähre entlang glitt. Kleine Schaumkronen wirkten wie kleine Muster in dem unendlichen Grau. Jetzt begriff Anna, warum Kriegsschiffe immer diesen grau-blauen Anstrich erhalten. Er entsprach genau dem jetzigen Aussehen des Meeres. Die Ostsee im März war nicht mit dem blauen sonnenüberfluteten Meer, wie es sich im

Hochsommer präsentierte, zu vergleichen. Im Saßnitzer Hafen wehte, von weiten sichtbar, die kaiserliche Reichsflagge schwarz-weiß-rot. Die Frage eines Zollbeamten, warum ihr Pass in Schweden ausgestellt wurde, beantwortete sie mit der Gegenfrage: „Ist der Pass nicht in Ordnung? Auf der Flucht sind alle meine Papiere verloren gegangen. Ich komme aus Russland." Als der Beamte Russland hörte, machte sich Mitgefühl in seinem Gesicht breit und er gab ihn mit einem: „Gute Reise, mein Fräulein", zurück. „Bitte einsteigen die Herrschaften. In drei Stunden sind wir in Berlin", riefen die Schaffner, nachdem der Zug aus der Fähre ausgeschifft war und im Bahnhof „Saßnitz-Hafen" unter Dampf stand.

„Drei Komma fünf Milliarden Reichsmark beträgt das vereinbarte Umsatzvolumen, Mister Richardson. Wollen wir unter diesen Umständen nicht gleich in ihrer Währung abrechnen? Ich befürchte nämlich, dass der Dollar nicht bei zweiundzwanzigtausend Reichsmark stehen bleiben wird. A-ber die Qualität meiner Konserven bleibt oder wird besser."
„Mein lieber Herr von Hessen, gerne mache ich das nicht. Aber ich glaube, unsere Beziehungen werden nicht nur rein geschäftlicher Natur bleiben." Dabei warf Mr. Richardson einen Blick in den Garten des Hessschen Anwesens. Auf der Schaukel saß Anna, während sein Sohn, der eigentlich dem Geschäftsabschluss beiwohnen sollte, die Schaukel immer wieder anschob. Was die beiden da draußen sprachen, konnten die Herren nur ahnen. Beide waren vergnügt. Wenn es an Worten fehlte, halfen Gesten, das Gespräch fortzusetzen. Herr v. Hessen war aufgestanden und stellte sich neben Mr. Richardson.

Die Kinder im Garten merkten nicht, dass sie beobachtet wurden. Walter umarmte Anna. Die Schaukel kam zum Stehen. Beim Blick auf diese Szene meinte Herr v. Hessen:

„Anna ist jetzt neunzehn. Ich habe die Vormundschaft, seit dem feststeht, dass ihre Eltern beide tot sind. Ich bin auch nicht so traditionsversessen, dass ich sie unbedingt mit dem europäischen Hochadel vermählen will. Sie ist zwar Großfürstin und damit die einzig lebende Thronanwärterin." Mr. Richardson schniefte und drehte sich zu seinem Geschäftspartner um:

„Ich freue mich, dass sie so denken. Das Leben geht weiter. Ich glaube, ihr Mündel blickt nach vorn. Wobei ich noch nicht weiß, ob die Kinder schon so weit denken, wie wir beide jetzt. Walter wird neunundzwanzig. Er war schon einmal verlobt. Das Mädchen starb bei einem Badeunfall. Das liegt jetzt drei Jahre zurück. Es ist das erste Mal, dass ich meinen Jungen seit damals so ausgelassen sehe. Er ist mein Einziger. Eigentlich sollte er bei unserer Vertragsunterzeichnung dabei sein. Er hat bisher nie einen Arbeitstermin ausgelassen. Seit dem Unfall seiner Verlobten hatte er nur die Arbeit im Kopf."

„Das scheint sich geändert zu haben", entgegnete v. Hessen schmunzelnd.

„...und ich bin froh darüber, dass Walter wieder merkt, dass Arbeit nicht alles ist im Leben. Schließlich soll die Firma weiter bestehen und meine Frau und ich würden sich über Enkel freuen", erwiderte Richardson sen.

Während die beiden Männer über die Zukunft der Kinder debattierten, beschäftigten sich die jungen Leute mit wesentlich banaleren Dingen.

„Fischers Fritze fischt frische Fische. Der Cottbusser Postkutscher putzt den Cottbusser Postkutschwagen."

Auch Anne hatte Mühe, diese Zungenzerbrecher fehlerfrei aufzusagen. Umso größer war der Spaß, Walters Bemühen mit der deutschen Sprache zu erleben. Walter konnte gut deutsch. Sein Vater hatte ihn bereits zu Hause in den Staaten nahe gelegt, unbedingt eine europäische Sprache so zu erlernen, dass er ohne Dolmetscher Verhandlungen führen kann. Walter hatte sich, wie sein Vater, für Deutsch entschieden. Deshalb fand er auch Kontakt zur deutschen Damenwelt, die schnell an dem vertäumtschüchtern wirkenden Amerikaner Gefallen fand. Auch Anna war es nicht anders ergangen. Bei den geschäftlichen Verhandlungen blieben private Kontakte nicht aus, die sie mit Walter Richardson zusammenführte. Sie verglich ihn mit Mischa. Die Größe konnte stimmen, aber Mischa war breiter. Mischa trug einen Vollbart der Rechtgläubigen, Walter war rasiert, wie ein moderner Mitteleuropäer. Anna legte ihren Arm um seinen Hals: „Wie vielen Mädchen hast du schon das Herz gebrochen?", fragte sie ihn. Er schien den Begriff *Herz brechen* nicht zu verstehen und sie formulierte ihre Frage einfacher und fragte ihn nach der Anzahl seiner bisherigen Freundinnen. Er erzählte ihr, dass er schon einmal verlobt war. Sie hieß Isabell und ist tödlich verunglückt. Dabei gestand er ihr, dass er seit jenem Tag nie wieder mit einer Frau so glücklich war, wie jetzt mit ihr. Die Gegenfrage, wie viel Männer sie bereits kennen gelernt hat, stellte er taktvoller Weise nicht. Was sie in Russland erlebt hatte, war schwer genug. Wenn es ein paar schöne Momente mit einem Manne gegeben hat, so waren sie letztlich Vergangenheit.

Wenige Tage nach dem Vertragsabschluss wurde Anna zu ihrem Vormund gerufen. Herr Richardson sen. wollte sich verabschieden. Anna machte einen artigen Knicks, verließ aber verstört das Zimmer. „Wo war Walter? Sie hatten sich doch noch nicht alles gesagt!", dachte sie. Die beiden Herren schüttelten den Kopf über das merkwürdige Verhalten des Mädchens.

„... und ich wollte ihr gerade sagen, dass Walter dableibt." Mit der Bemerkung, das Missverständnis aus der Welt zu schaffen, begleitete Herr v. Hessen seinen Gast zur Tür. Ein Taxi stand bereit. Anna sah Richardson sen. von ihrem Zimmer aus davonfahren. Warum ist Walter nicht gekommen? Sie war den Tränen nah. Es klopfte. Herr v. Hessen, ihr Vormund, trat ins Zimmer. Sie fiel ihm um den Hals. Beruhigend strich er ihr über den Kopf.

„Du brauchst nicht traurig zu sein. Walter ist nach Frankfurt gefahren und bleibt bis auf weiters in Deutschland. Er baut im Auftrag seines Vaters einige Filialen auf. Ich werde wahrscheinlich die hiesige übernehmen." Er griff in seine Tasche und reichte Anna einen Zettel mit der Hotelanschrift und Telefonnummer. „Du warst so schnell weggelaufen, Mädchen, so dass Herr Richardson gar keine Zeit fand, dir noch Grüße von seinem Sohn zu bestellen. Ich habe Herrn Walter für Sonntag zum Essen eingeladen. Ist dir das Recht?" „Und ob, Onkel!" Dabei gab sie ihm einen Kuss und strahlte wieder über das ganze Gesicht.

Herr v. Hessen bot Richardson jun. an, doch über Nacht zu bleiben. „Ich danke Ihnen für die Einladung und möchte noch eine Bitte, Anna betreffend, an sie richten. Mein Vater sagte mir, ich könne Vertrauen zu ihnen haben?" „Aber bitte, sprechen Sie", ermunterte der Gastgeber den jungen Mann.

„Ich fahre morgen für mehrere Wochen geschäftlich nach Berlin, Chemnitz und wahrscheinlich

Nürnberg. Ich möchte gerne Anna als meine..." hier stockte Walter, weil ihm das passende deutsche Wort fehlte. Herr v. Hessen half ihm auf die Sprünge: „Im deutschen sagt man Verlobte dazu, wenn man sich versprochen ist, bevor man offiziell den Bund fürs Leben schließt. Wollen Sie sich mit Anna verloben?" „Yes, ja das möchte ich", sprach Richardson jun. feierlich. Im engsten Familienkreis wurde die Verlobung zwischen Anna und Walter verkündet. Auch fanden sich zwei sehr schöne Ringe, die Herr v. Hessen von seiner Großmutter ererbt hatte und nun Anna und Walter gehören sollten. Walter lag noch lange wach und fragte sich, ob er richtig gehandelt hat, Anna sein Versprechen zu geben. Gab es nicht eine gewisse Parallelität in Annas und seinem Leben? Er hatte Isabell verloren und fühlte sich als Witwer. Anna war Vollwaise. Sie und er, beide hatten bereits in jungen Jahren liebe Menschen verloren. Leise wurde die Türklinke heruntergedrückt. Annas Kopf schaute vorsichtig herein: „Schläfst du schon?" „Come in", flüsterte er und schlug einladend seine Bettdecke zur Seite. Vorsichtig legte sie sich an der Bettkante nieder. Sie trug ein langes Nachthemd. Dass er Nacktschläfer war, bemerkte sie erst, als er sie an sich drückte. Ihr Erschrecken hielt sich in Grenzen und sie genoss seine Zärtlichkeiten und seine Umarmung, die immer fester wurde... .

Herr v. Hessen ging noch einmal die Gästeliste durch. Hatte er auch wirklich niemanden vergessen? Während sich aus den Staaten nur fünf Personen für die bevorstehende Hochzeit angemeldet haben, zählte er fast dreißig Personen hier zu Lande, die beschlossen hatten, der Eheschließung der verwaisten Großfürstin die Ehre ihrer Anwesenheit zu geben. Dabei hatten die führenden Fürstenhäuser keine Teilnahme bekundet, da der Bräutigam bürgerlicher Herkunft war. Herr v. Hessen war nicht traurig darüber. Die Hochzeit war auch so schon ein finanzielles Problem. Dank der guten Geschäftslage, an der der Bräutigam und dessen Familie einen beträchtlichen Anteil haben, war es möglich, eine annähernd standesgemäße Hochzeit zu inszenieren. Der Versuch, für Anna ein traditionelles Hochzeitskleid aus dem Familienbesitz herzurichten, scheiterte an ihrem Zustand. Anna wird im sechsten Monat sein, wenn sie vor den Altar tritt. Also musste ein neues Hochzeitskleid beim Schneider bestellt werden, um möglichste Diskretion zu sichern. Zum internationalen Charakter der Hochzeit kam noch die Schwierigkeit der unterschiedlichen Konfessionen. Anna war im russisch-orthodoxen Glauben groß geworden, Walter war römisch-katholisch erzogen. Die anschließende Hochzeitsreise sollte in Walters Heimat, den Staaten stattfinden. Denn ihr erstes Kind soll in seiner künftigen Heimat das Licht der Welt erblicken.

Herr v. Hessen faltete die Liste sorgfältig zusammen. Er dachte zurück, als er Anna in Berlin vom Zug aus Stockholm abholte. Drei glückliche und auch komplizierte Jahre waren seitdem vergangen. Er hatte sie wie eine Tochter erlebt und konnte jetzt die Zerrissenheit manchen Vaters einer Tochter verstehen, wenn das Kind aus dem Haus geht. Anna geht nicht nur aus dem Hause, sie verlässt das Land, den Kontinent. Aber er sah es auch positiv. Er hatte sein Mündel gut untergebracht und vielleicht bot sich für ihn somit einmal die Möglichkeit, die neue Welt jenseits des großen Teiches kennen zulernen. Vielleicht reist er sogar mit einem dieser neuen Flugzeuge. Aber soweit ist es noch nicht. Erst muss er die Hochzeit der beiden organisieren. Entschlossen stand er auf, rief nach seinem Sekretär. Er solle die Gästeliste in die Druckerei bringen, damit die Einladungskarten gedruckt und verschickt werden können.

Walter stand mit Anna an der Reling. Seine rechte Hand hatte er um ihre Schulter gelegt, die linke ruhte auf ihrem Bauch, der hart und fest das werdende Leben umschloss. „Was ist, wenn ich hier auf dem Schiff niederkomme?" „Dann werden New York und der Name des Schiffes in der Geburtsurkunde stehen."
„Ich warte, bis wir richtig zu Hause sind", erwiderte sie und gab ihm einen Kuss.

Walter Richardson und Ehefrau Anna geben die Geburt
ihres ersten Sohnes
ROBERT RICHARDSON
in Baltimore am 16. Juli 1921 bekannt.

Herr v. Hessen stutzte, als er das Geburtsdatum las. War nicht der 16. Juli der Todestag des Zaren und seiner Familie? Er ging zum Wandschrank und suchte die Urkunde der Todeserklärung, die ihm seinerzeit das Auswärtige Amt auf Antrag zugestellt hatte. Tatsächlich, der 16. Juli 1918 wurde als Todestag für Nikolai und Alexandra offiziell genannt. Zuerst wollte er zu Füller und Papier greifen, doch dann überlegte er es sich anders und meldete ein Ferngespräch nach Übersee an. Dabei dachte er schon an ein Geschenk für die Kinder und ihr Söhnchen. Er hoffte, dass seiner Frau die passende Idee dazu einfallen wird.

27

Zehn Jahre später, Moskau 1931.

Abteilung Emigrantenwesen stand auf dem Türschild in der Ljubjanka, dem Sitz des sowjetischen Geheimdienstes. Auf dem Tisch lagen ein Stapel ausländischer Zeitungen vorwiegend aus Paris und Berlin. Einige Artikel waren mit Nummern versehen. Die gleichen Nummern standen auf den Zetteln, die wie Fahnen an den Zeitungen hingen. Es waren die Übersetzungen. Mit Sorge beobachtete die Abteilung, dass die Gerüchte um die angeblich entkommene Zarentochter Anastasija vorsichtig aber hartnäckig zunahmen. Als die Meldungen und Gerüchte nicht aufhörten, gab Stalin schließlich den Befehl, entsprechende Untersuchungen einzuleiten mit dem Ziel, Klarheit über den Verbleib Anastasijas zu gewinnen. Außer den aktuellen Zeitungen der letzten Wochen und Monate hatte man aus dem Archiv in Leningrad, dem früheren St. Petersburg, die Tscheka-Akten angefordert, die nun ebenfalls auf dem Schreibtisch lagen. Die Akte war beängstigend dünn. Eine Fahndung nach Anastasija, die nie in Jekaterinburg ankam, hat nicht stattgefunden. Erst vor zwei Jahren war der Leningrader Abwehrabteilung ein Mann in die Hände geraten, der der Zarenfamilie in Zarskoje Selo bis zu ihrer Abreise gedient hatte. Nach mehreren schmerzhaften Verhören gestand er, Anastasija bei der Flucht auf ein schwedisches Schiff behilflich gewesen zu sein. Ob es weitere Helfershelfer gegeben hatte, war aus ihm nicht herauszubekommen, da er voriges Jahr an Tuberkulose in der Haft verstorben war. Die Helfer der Prutinowa hatte Michail Workutin mit in sein Grab genommen. Mit diesen Erkenntnissen, das Anastasija entkommen konnte, gab sich der Innenminister nicht zufrieden. Wo lebt sie heute

28

und unter welchem Namen? Emigrantenhochburgen waren Frankreich und Deutschland. Man setzte die Auslandsspionage ein. Die Meldungen waren ernüchternd. Berlin meldete, dass in den Zentren Berlin, Ruhrgebiet und Sachsen keine Anastasija unter den Auslandsrussen bekannt sei. Auffällig war die Tatsache, dass in den Emigrantenzeitungen das Thema kaum auf Interesse stieß, im Gegensatz zu den deutschen Journalen.

Alarmierender waren die Meldungen aus Paris. Eine etwa Zwanzigjährige gab sich als Zarentochter aus und machte im Pariser (Nacht-)leben eine Zeit lang von sich Reden. Mit Anastasija konnte sie nicht identisch sein, da diese zehn Jahre älter sein musste. Wenige Wochen später gab es Entwarnung. Ein paar findige Journalisten hatten den Schwindel aufgedeckt. Bei der angeblichen Zarentochter handelte es sich um eine stellungslose Sekretärin, die bei einer Emigrantenzeitschrift angestellt war. Um zu Geld zu kommen, war sie in die Rolle der Anastasija geschlüpft. Die in der Presse gestellte Frage nach dem möglichen Überleben einer Tochter des Zaren, hatte sie auf die Idee gebracht. Ganz vergeblich waren die hochstaplerischen Aktivitäten nicht. Sie lernte den jungen Marquise de Preuxe kennen, der sie nach ihrer Entlarvung heiratete. So jedenfalls wusste es die Boulevardpresse zu berichten.

Das war der Stand, den Major Rudin vorfand. „Konzentrieren wir unsere Suche auf Deutschland. Ich halte es für wahrscheinlich, dass sie ohne Hilfe der Emigrantenorganisationen bei den Verwandten ihrer Mutter untergekommen ist. Ich schlage vor, Hauptmann Wasserburg, Sie fahren nach Deutschland und ermitteln in Hessen direkt nach der Zarentochter. Aber Vorsicht! Hochstaplerinnen gibt es nicht nur in Paris."

Als akkreditierter Korrespondent der *Prawda* machte sich Wasserburg auf den Weg nach Darmstadt. Bei der Durchsicht der örtlichen Telefonbücher stieß er auf die Firma des Herrn v. Hessen. Zehn Tage später erfuhr er, dass die ehemalige Großfürstin neunzehnhunderteinundzwanzig den US-Amerikaner Walter Richardson geheiratet hatte und mit ihm nach Baltimore ausgewandert war. Das Anastasija alias Anna Richardson zu diesem Zeitpunkt bereits schwanger war, wussten die Ortansässigen glaubhaft zu berichten. Wenige Tage nach der Rückkehr Wasserburgs berichtete sein Vorgesetzter dem Innenminister. Dieser befahl: „Eine Verfolgung der Spur in die USA ist für uns gegenwärtig nicht möglich und auch nicht erforderlich. Für die Öffentlichkeit aber gilt die Zarentochter als tot. Behauptungen in der ausländischen Presse, dass Anastasija am Leben sei, sind als haltlose antisowjetische Gerüchte energisch zurückzuweisen."

III. ... und wieder Kaiserwetter

Familie Richardson hatte sich um den sonntäglichen Mittagstisch versammelt. Im Radio wurde die Musik für eine Sondermeldung unterbrochen. Der Sprecher informierte, dass heute am Sonntag, dem zwölften Dezember neunzehnhunderteinundvierzig, japanische See- und Luftstreitkräfte den Hafen der amerikanischen Pazifikflotte auf Pearl Harbor angegriffen haben und zeitgleich in Washington die Kriegserklärung des Kaiserreiches an die USA übergeben wurde. Walter und Robert standen am Fenster und schwiegen. Jeder ging nach dieser Meldung seinen Gedanken nach.

„Vater ich melde mich freiwillig. Ich warte die Einberufung nicht ab."

„...und was wird aus der Firma, Robert?", fragte der Vater. „Lass Tom das machen. Er hat auch mehr Sinn fürs Kaufmännische. Im Ernst Vater, ich glaube nicht, dass dieser Krieg in wenigen Wochen vorüber sein wird." Er drehte sich zu seiner Mutter um und meinte, dass es ihm Leid täte, dass Amerika sich nun auch mit Deutschland im Kriegszustand befindet. Anna schüttelte verneinend ihren Kopf und entgegnete: „Das muss dir nicht Leid tun. Im Übrigen, mein Heimatland ist Russland. Die Russen werden in diesem Krieg unsere Verbündeten sein. Die Sowjetunion, wie sie ihren Staat jetzt nennen, führt seit einem halben Jahr Krieg gegen diesen Hitler. Meinen Segen hast du. Pass auf dich auf, mein Junge."

Während Mutter Robert an sich drückte, zog jemand an seinem Hosenbein. Die zweijährige Irina, seine kleine Schwester, wollte auf den Arm genommen werden. Auch sie hatte bemerkt, dass heute ein besonderer Tag war.

Langsam rollte der Jeep auf die Uferstraße zu. Neben dem Fahrer saß Robert Richardson. Am Stahlhelm leuchteten die zwei senkrechten Balken, die ihn als Captain der US-Army auswiesen. Die Farbe sei noch nicht ganz trocken, witzelten seine Kameraden, denn die Beförderung lag noch keine drei Wochen zurück. Als sie den Fluss erreicht hatten, hielten sie an. Robert warf einen Blick auf die Landkarte. „Das ist sie, die Elbe", stellte er befriedigt fest. Er befahl nach Süden abzubiegen. Es dauerte nicht lange, da passierten sie ein Ortsschild. *Torgau* stand mit

31

schwarzer Schrift auf dem gelben Schild. „Da vorn an der Brücke halten Sie an. Am anderen Ufer warten die Russen auf uns." Es war ein erhebender Moment. Hier an der Elbe in Torgau hatten die Alliierten Nazideutschland in zwei Hälften geteilt. Die Fotoapparate klickten. Wiederholt mussten sich Amerikaner und Russen ihre Hände reichen. Die Bilder von der ersten Begegnung der beiden mächtigen Alliierten in der letzten Aprildekade neunzehnhundertfünfundvierzig gingen um die Welt. Dem offiziellen Teil folgte das gemütliche Beisammensein, das *Beschnuppern* des anderen. Soldaten, die bisher nur voneinander gehört, sich bis zu diesem Tag nie gesehen hatten, standen und saßen sich gegenüber. Robert merkte, dass der Russischunterricht bei Mutter nicht umsonst war. Er verstand, was diese Männer sagten und brauchte keinen Dolmetscher, um sich verständlich zu machen. Der vierundzwanzigjährige Captain fiel auf und es bildete sich eine Traube vorwiegend jüngerer russischer Offiziere um ihn. Einem sowjetischen Oberst missfiel der offensichtlich herzliche Ton zwischen seinen Offizieren und den Amerikanern. Als er näher herantrat, bemerkte er, dass dieser sich in Russisch unterhielt und das zum Teil ziemlich akzentfrei. Nachdem der Oberst eine Weile zugehört hatte, fragte er ihn, woher er so gut russisch könne. „Meine Mutter ist eine gebürtige Russin und hat mir als Kind ihre Muttersprache beigebracht, Sir."

„Ein Emigrantenkind", dachte der Oberst. Laut und in einer Schärfe, die er selbst nicht beabsichtigt hatte, erwiderte er: „Ihre Mutter ist Emigrantin. Sie ist vor unserer Revolution in die alte Welt geflohen!" Bisher war für Robert seine Heimat der Inbegriff des Fortschritts und gegenüber Europa die neue Welt. Die Bemerkung dieses

Obersten ärgerte ihn und er antwortete deshalb auch etwas schärfer. Schließlich war dieser Mann nicht sein Vorgesetzter und es stand ihm nicht zu, Amerika zu beleidigen. „Jawoll, Sir, meine Mutter hat neunzehnhundertsiebzehn Russland verlassen müssen. Sie kommt aus dem Hochadel. Mein Großvater war Nikolai der Zweite persönlich." Betretenes Schweigen auf beiden Seiten. „Dieser junge Captain, ein Zarenenkel", dachten die russischen Offiziere und musterten ihn erstaunt und ungläubig zugleich. Der Oberst erkannte die verfahrene Situation, in die er sich hinein manövriert hatte und schnippste mit den Fingern. Zwei Soldaten erschienen mit Tabletts voller Gläser. Er nahm zwei herunter und reichte ein Glas mit Wodka dem amerikanischen Offizier persönlich. Als alle Umstehenden ihre Gläser hatten, tönte der Oberst: „Es lebe die amerikanisch-russische Waffenbrüderschaft. Hoch, hoch, hoch!" Dann stieß er mit Captain Richardson an. „Auf unsere Mütter!" Robert musste lächeln und prostete zurück. Die Amerikaner revanchierten sich und spendierten Kaugummi, den die Russen nicht kannten. Wodka und Kaugummi sorgten dafür, dass das brisante politische Thema in den Hintergrund trat. Abends im Quartier überlegte sich Robert, ob es klug war, gegenüber dem Russen seine Herkunft zu erwähnen. Wenn man ihm nun nach dem Leben trachtete? Schließlich war er als ältester Enkel auch ein potentieller Anwärter auf den Zarenthron und damit ein möglicher Konkurrent des Diktators, der jetzt im Kreml herrscht.

33

10. Mai 1945

Ihr Lieben,

seit mehreren Tagen sind keine Schüsse mehr gefallen. Wir liegen hier in einem malerischen Städtchen im Harz zehn Kilometer hinter der Front. Man hat mich aufgefordert, bei der Army, bei den Besatzungstruppen in Deutschland zu bleiben. Ich habe zugestimmt. Ich glaube, in wenigen Wochen wissen wir Genaueres. Bis dahin dürfte der Krieg zu Ende sein.

Robert

Dieser Brief lag im fernen Baltimore im Briefkasten, als der Rundfunk meldete, dass Hitlerdeutschland bedingungslos kapituliert hat und in ganz Europa die Waffen schweigen.

Mit dem Brief an die Brust gepresst rief Anna freudig: „Robert hat überlebt." Dann warf sie sich Walter an den Hals und küsste ihn stürmisch wie in jungen Jahren. Sie waren beide allein. Tom und Irina waren bei den Großeltern. Walter nahm Anna hoch und trug sie aufs Sofa. Schon spürte sie seine Stöße, wie Wellen durchströmten sie ihren Körper. Mit geschlossenen Augen erwartete sie einen Orgasmus. Die Anspannung der letzten Wochen und die Ungewissheit über das Schicksal ihres Ältesten hatte auch ihr intimes Miteinander in Mitleidenschaft gezogen. Der Brief und die Meldung vom Frieden in Europa löste den Panzer, der sich schleichend um ihre Gefühle gelegt hatte. Sie besannen sich wieder darauf, dass sie nicht nur Menschen, Vater und Mutter, sondern auch Mann und Frau sind, die zusammengehören. Sie lagen nebeneinander. Er gestand ihr seine Liebe. Worte, die sie lange ver-

misst hatte. „Ich liebe dich auch. Bleib in mir",
erwiderte sie leise.

„Ich werde Robert in Deutschland besuchen und
Irina mitnehmen. Schließlich hat er uns eingeladen. Warum kommst du nicht mit? Tom kann
doch die Firma inzwischen führen."
„Nein, ich möchte die Kur jetzt nicht verschieben.
Die Einweisung wird kommen, während ihr drüben seit. Dann muss Tom ohnehin allein klar
kommen. Grüße deine Verwandten von mir. Es
ist schön, dass wir wieder Kontakt haben. Ohne
Robert wäre das so schnell nicht gelungen, wieder ins Deutschlandgeschäft einzusteigen. Ver-
giss nicht, sie zum Gegenbesuch nach Amerika
einzuladen." Das Telefon klingelte und Walter
Richardson musste das Gespräch mit Anna un-
terbrechen. Als er den Hörer wieder auflegte,
fragte er: „Wo war ich stehen geblieben?" „Bei
deinen Geschäften in Deutschland", meinte Anna
und gab ihm, als Zeichen, dass das Gespräch
beendet sei, einen flüchtigen Kuss. Irina stürmte
mit einem Stapel Klamotten ins Zimmer und fragte, ob sie das alles auf die Reise mitnehmen darf.
Wortlos nahm Mutter ihr das Bündel aus dem
Arm. Drei, vier Stücke gab sie ihrer Tochter mit
dem Hinweis zurück, dass sie ein Flugzeug nicht
mit dem Auto verwechseln dürfe, wo ihr Ramsch
immer einen Platz findet. Beleidigt zog Irina mit
ihren Sachen auf dem Arm wieder ab. Anna ermahnte sie nochmals, nur das Nötigste mitzu-
nehmen und sie würde ihren Koffer kontrollieren.

„Der D-Zug aus Frankfurt am Main, planmäßige
Ankunft zehn Uhr vierzig, wird vermutlich mit
fünfzehn Minuten Verspätung eintreffen."
Die Stimme aus dem Lautsprecher machte den
jungen Mann nervös und er lief unruhig den

Bahnsteig auf und ab. Als er das dritte Mal an einem älteren Ehepaar vorbeidefiliert war, sagte der Mann zu ihm: „Bleiben Sie doch ruhig, Herr Major, deshalb kommt der Zug mit ihrer Freundin auch nicht eher." Robert Richardson drehte sich ärgerlich um. Dabei fiel ihm ein, dass die Deutschen ihre Offiziere mit Herr und Dienstgrad anreden. „Ich warte auf meine Mutter und Schwester. Sie kommen, mich in Deutschland zu besuchen. Ich habe sie seit etlichen Jahren nicht mehr gesehen."

Die alten Leutchen erschraken. Sie hatten nicht erwartet, dass der amerikanische Offizier sie versteht und in einem fast akzentfreien Deutsch antwortet. Inzwischen waren neun Minuten vergangen, als die Lokomotive, Dampf ablassend und zischend in den Hauptbahnhof einfuhr. Alle Wartenden konzentrierten sich auf die vorbeirollenden Wagen, ob sie vielleicht das gesuchte Gesicht schon erspähen können. Der Offizier und das alte Ehepaar trennten sich in Erwartung auf ihre Angehörigen. Während Robert noch Ausschau hielt, wurde er von hinten umarmt. Schwester Irina hatte ihren großen Bruder längst erkannt, zumal er als Einziger in Uniform auffiel. „Wie gefällt dir meine neue Frisur, Bruderherz?" „Deine Jeans sind schön blau", antwortete Robert und lachte. Irina schmollte. Sie fühlte sich nicht ernst genommen. Mit der tadelnden Frage: „Müsst ihr euch schon wieder streiten?", begrüßte Anna ihren Ältesten. Sie umarmte ihn und stellte fest, dass er kräftiger geworden war. Dann hakte Robert rechts und links seine beiden Damen unter.

„Wir wollen in Hessen die Verwandten besuchen, feststellen, wer Krieg- und Nachkriegszeit überlebt hat. Dann möchte ich Irina unbedingt Berlin zeigen. Die U-Bahn hat mich schon als Kind begeistert... ." Mit diesen Worten legte sie, bei Robert zu Hause angekommen, ihre Reisepläne dar. Robert versprach, sie nach Berlin zu begleiten und schilderte die dortige Lage. „Westberlin ist eine Insel. Rundherum herrschen die Russen. Großberlin gehört zur Hälfte uns drei westlichen Siegermächten. Der Ostteil der Stadt den Sowjets, genau wie das Umland. Wenn ihr mit der U-Bahn fahrt, kann es passieren, ihr landet im Ostsektor."

Unter den Linden stand groß an der Tunnelwand des U-Bahnhofes. Gemeinsam entstiegen Anna und Irina in Begleitung von Robert den gelben Wagen. Am oberen Ende der Treppe standen zwei Volkspolizisten mit Tschako und Knüppel. Sie beobachteten die Ankommenden. Robert war in Uniform. Als er die beiden Vopos sah, hakte er demonstrativ seine Mutter und Schwester unter, um ihre Zusammengehörigkeit zu demonstrieren. Die beiden Polizisten traten zur Seite, um die Drei ungehindert passieren zu lassen. Oben angekommen, zeigte Robert auf ein imposantes Gebäude:

„Die sowjetische Botschaft. Hier können wir Antrag auf die sowjetische Staatsbürgerschaft stellen", bemerkte er bissig.

Ihre anfänglichen Bedenken, auch den Ostsektor Berlins zu besuchen, hatten sie aufgegeben. Unter dem Schutz der amerikanischen Uniform, fühlten sie sich vor Kontrollen sicher. Die Szene am U-Bahnhof hatte gezeigt, dass die örtliche Polizei die internationalen Regelungen respektierte. Auf der Rückfahrt in den Westteil benutzten sie die S-Bahn. Die Bahnpolizei, die an der Friedrichstraße wahllos Ausweise kontrollierte, machte zwar große Augen, ließ aber den US-Major und seine Begleiterinnen in Ruhe. Selbst

Irinas Eiswaffel blieb unbeanstandet, obwohl auf entsprechenden Tafeln darauf verwiesen wurde, das Eisessen zu unterlassen. Robert brachte Mutter und Schwester zum Flughafen Tempelhof. Von dort wollten Anna und Irina nach Stockholm weiterreisen. Annas Europareise neunzehnhundertdreiundfünfzig sah die entgegengesetzte Route als damals in den Jahren neunzehnhundertsiebzehn/achtzehn vor.

In Stockholm nahm sie Quartier bei Cousine Margit. Diese hatte zwei Zwillingsbuben, etwas älter als Irina. Die jungen Leute kamen sich schnell näher und Anna unternahm deshalb manchen Ausflug mit Margit allein. Irina blieb bei den beiden Jungs, die um ihre Sympathie warben.

Einen Tag nach Leningrad!

Mit dieser Überschrift warb ein Reisebüro in seinen Schaufenstern. Darunter der Preis rot abgesetzt. Anna rechnete um. Etwa einhundert Dollar für sie und Irina. Das ist nicht zuviel. „Vielleicht kommen Margit und die Jungen auch mit, wenn ich sie einlade", dachte sie im Stillen. Sie betrat das Reisebüro, um sich nach Einzelheiten zu erkundigen.

„Nein, Ausländer sind kein Problem. Gegen Vorlage des Passes können Sie ohne weiteres mitfliegen. Die sowjetischen Behörden erteilen den Reisegruppen ein Sammelvisa für einen Tag." Dann informierte sie der Verkäufer auch über das günstige Rabattangebot ab fünf Personen und bot ihr an, für fünfunddreißig US-Dollar je Person ein Ticket zu verkaufen. Gesagt, getan. Sie telefonierte mit Margit und lud sie zu einem Trip nach Leningrad ein. Man sagte freudig zu und Anna erwarb fünf Karten für den übernächsten Tag.

Während Anna die Flugkarten buchte, saß Irina bei Sven auf dem Schoß. Bruder Til war zum Training gegangen. „Ich bin der Ältere", witzelte Sven, „denn ich bin zehn Minuten vor meinem Bruder zur Welt gekommen." Langsam öffnete er Irinas Bluse und griff hinein. Irina hielt den Atem an. Er hatte warme Hände und es war ihr nicht unangenehm, diese auf ihren Brüsten zu spüren. Sie knöpfte ihm sein Hemd auf und ehe sich beide der Sache richtig bewusst waren, standen sie sich nackt gegenüber. Sven hob sie hoch, trug sie auf sein Bett und legte sich neben sie. Sie lag ganz flach und spürte sein rechtes Knie zwischen ihren Schenkeln, die sie bereitwillig öffnete. Plötzlich gewahrte sie einen Schmerz... .

Die Motoren brummten. Wenn die Wolkendecke aufriss, konnte man die Ostsee sehen. Zahlreiche Schiffe befuhren sie in alle Richtungen. Irina, Sven und Til saßen auf einer Bank. Dem Mädchen hatten sie den Fensterplatz gelassen. Ab und zu drückte Sven Irinas Hand. Til bemerkte es und war betroffen. Vorgestern muss mit den beiden etwas passiert sein. Bestimmt als er zum Training war. Seitdem hat Irina nur noch Augen für seinen Bruder. Die beiden Mütter saßen gegenüber auf der Zweierbank und unterhielten sich. In Leningrad angekommen, ging alles sehr schnell. Vor dem Flughafen wartete bereits ein Bus, der die Gäste aus Schweden zur Stadtrundfahrt einlud. In Peterhof hielt der Bus. Eine Fremdenführerin empfing die Touristen auf Schwedisch. Anna und Irina lösten sich unauffällig von der Gruppe. Sie verstanden sowieso nicht alles, was ihnen da erzählt wurde, da das Schwedisch mit russischem Akzent unterlegt war. Außerdem kannte sich Anna hier aus. Die Wunden, die der Krieg in dieses Schlossensemble geschlagen hatte, waren heute, acht Jahre danach, noch allgegenwärtig.

„Da oben, dort in diesem Balkonzimmer wurde ich geboren", Anna zeigte auf einen bereits wieder hergestellten Flügel des Schlosses. „Es soll genau so ein schöner, warmer Tag wie heute gewesen sein. Kaiserwetter hätte deine Großmutter dazu gesagt." Langsam schlossen sie wieder zu ihrer Reisegruppe auf. Im Bus fragte Margit, ob es ihr gefallen habe und Anna bestätigte, dass sie vieles wieder erkannt habe und ohne Stadtplan in Leningrad zurechtkäme. Von ihren Ortskenntnissen konnte sie alsbald Gebrauch machen, als der Reiseleiter einen neunzigminütigen Freigang ankündigte. Und so lösten sich die beiden Amerikanerinnen und drei Schweden bald vom übrigen Pulk, um mit der Tramwaj, wie hierzulande die Straßenbahn genannt wurde, durch die Stadt zu fahren. Bis zum Kai, wo sich Anastasija neunzehnhundertsiebzehn von Mischa verabschiedete, kamen sie nicht. Der Hafen war heute von einem hohen Zaun umschlossen. Auf einem in der Nähe liegenden Markt fielen sie durch ihre Kleidung auf. Touristen verirrten sich gewöhnlich nicht hierher. Als Anna dann noch in russischer Sprache ihre Einkaufswünsche vorbrachte, reckte auch das benachbarte Standpersonal die Hälse, zumal die drei Kinder munter englisch– schwedisch kauderwelschten. In einer Telefonzelle blätterte Anna im ausliegenden Buch und suchte unter *Workutin* nach Mischa und seinen Söhnen. Tatsächlich, einen Nikolai M. Workutin gab es! Anna schaute zur Uhr. Mit dem Taxi würde es zu einem kurzen „Guten Tag" reichen. Sie ließ Irina bei ihren schwedischen Verwandten, worüber das Mädchen gar nicht unglücklich war. Konnte sie doch so, unbeobachtet von Mutter, mit Sven ungestört durch den sonnigen Tag bummeln.

Anna klingelte. Eine Frau von etwa vierzig Jahren öffnete. Annas frage, ob ihr Mann Nikolai Michailowitsch zu Hause sei, wurde verneint. Die Frau stellte sich mit Swetlana Michailowna vor und bat sie herein. Argwohn hegte sie keinen, da die Frau älter als Nikolai war. Sie entsprach auch sonst nicht dem Typ, dem ihr Mann nachzuschauen pflegte. Anna erzählte, dass sie auf der Durchreise sei und ihren Mann und Schwiegervater gekannt habe. Auf die Frage der Workutina, wann denn das gewesen sei, entgegnete Anna: „Lange vor dem Krieg." Sie betraten das Wohnzimmer. Eine alte Frau saß am Samowar. Als sie Anna ansichtig wurde, machte sie große Augen, überlegte erst, bevor sie sprach: „Anastasija, Sie haben es geschafft. Wenn das mein Mischa noch erlebt hätte!" So erfuhr Anna von Mischas Witwe, dass dieser in den Jahren der Säuberungsaktionen eingesperrt wurde und im Gefängnis verstorben war. Die alte Workutina lebte beim ältesten Sohn und deren Familie. Anna schaute verstohlen zur Uhr. Die alte Frau fand kein Ende und Anna erzählte wahrheitsgemäß, dass sie mit ihrer Familie in den USA in einer bescheidenen bürgerlichen Existenz lebe.

Während Anna bei den Workutins beim Tee saß, wurde der Reiseleiter nervös. Margit überredete ihn schließlich, ohne Mrs. Richardson loszufahren. Mrs. Richardson kenne sich hier aus und komme bestimmt direkt zum Flughafen, was dann auch zutraf.

„Wer war eigentlich die Frau, Schwiegermama?", fragte Swetlana als Anna gegangen war. Tatjana Petrowna zögerte mit ihrer Antwort und versprach, zum Abendessen, im Beisein von Nikolai, zu erzählen. Dieser erschrak, als Mama vom

41

Besuch der ehemaligen Großfürstin erzählte. Um dem Schicksal seines Vaters zu entgehen, entschloss er sich, gleich morgen den Parteisekretär zu informieren. Jetzt, wo Stalin tot war und etwas Liberalität in den politischen Alltag einzog, ließ ihn hoffen, dass der Besuch für ihn und seine Familie folgenlos bleibt. Trotzdem war es nicht zu umgehen, dass der Geheimdienst (aus der Tscheka war inzwischen der KGB hervorgegangen) Mama und ihn verhörten.

Vor Oberst Alexej Pawlowitsch Wasserburg lag das Vernehmungsprotokoll und das Sammelvisa der schwedischen Touristengruppe von voriger Woche. Tatsächlich, Mrs. Anna Richardson, alias Großfürstin Anastasija hatte es gewagt, mit Tochter Irina, Leningrad zu besuchen und alte Kontakte wieder zu beleben. Was den Oberst am meisten verunsicherte, waren die Konsequenzen. Welche politische Bedeutung maß man dem Besuch der Großfürstin bei? Kann diese Mrs. Richardson der Sowjetunion gefährlich werden? War der Besuch politisch motiviert oder vielmehr eine private Reise, um in alten Erinnerungen schwelgen zu können? Wasserburg griff zu Telefon, um in Moskau anzurufen. Der zuständige General war nicht da. Seit der Verhaftung Berejas ging es in der Zentrale des KGB etwas konfus zu. Schließlich verband man ihn mit einem Offizier aus dem Vorzimmer des Chefs, der den Anruf pflichtschuldigst entgegennahm aber weit davon entfernt war, Entscheidungen zu treffen. Wasserburg legte resigniert auf.

„Trotzdem, eine Frechheit von dieser Richardson. Kommt hier nach Leningrad, lässt sich die Stadt zeigen und besucht alte Bekannte. Wäre mehr Zeit gewesen, hätte sie die noch hier lebenden Mitglieder des Hofes zu einem Bankett eingeladen. So ein Hof ist offensichtlich nicht tot zu kriegen." Wasserburg stand auf, lief im Zimmer auf und ab. Er setzte dabei sein Selbstgespräch fort: „Sechshundert Jahren saßen die Romanows auf dem russischen Zarenthron. Die Republik besteht erst seit sechsunddreißig Jahren. Ein historisch lächerlich kurzer Zeitraum. Was sichert die republikanische Staatsform? Ist es die Diktatur oder der Umstand, dass sich die Republiken in der zweiten Hälfte des Jahrhunderts zunehmend durchzusetzen beginnen? Nach neunzehnhundertfünfundvierzig haben etliche Monarchen abgedankt und ihre Untertanen in eine Republik entlassen. Vor der Haustür sind die skandinavischen Monarchien und auf dem Balkan das Königreich Griechenland übrig geblieben. - Was hat diese Frau heute für eine Weltanschauung? Wie denkt sie über Russland? Man müsste sie befragen können, völlig unvoreingenommen ein Interview organisieren." Wasserburg hielt mit seinem Spaziergang durchs Zimmer inne. „Das ist es. Eine Pressekonferenz geben." Befriedigt, eine Lösung gefunden zu haben, nahm er wieder Platz und blätterte in seinem Telefonbüchlein. Dann wählte er eine Nummer... .

Der kleine Konferenzraum konnte die zahlreichen Besucher kaum fassen. Die Hotelleitung hatte nie mit einem derartigen Ansturm gerechnet, als die Regionalzeitung den Raum für eine Pressekonferenz bestellte. Weder Wahlkampf, noch ein spektakulärer Serienkiller stand zur Disposition. Eine ehemalige russische Großfürstin war die Heldin des Abends. (Die Existenz von Großfürsten und –fürstinnen in Russland waren dem Hoteldirektor bisher unbekannt.)

Moderiert wurde die Pressekonferenz vom Chefredakteur einer maßgebenden Regionalzeitung. An der Saalrückwand hing der Hessische Löwe in Form einer gediegenen Schmiedearbeit. Auf dem Rednerpult glänzte im Scheinwerferlicht das Symbol des Hotels. Die Werbung für seine Zeitung hatte der Chefredakteur auf das zwölf mal achtundzwanzig Zentimeter große Namensschild vor seinem Platz im Präsidium beschränkt. Neben ihm hatte Anna Platz genommen. Auf ihrem Schild stand schlicht und einfach *Anna Richardson*, keine Herkunftsbezeichnung, kein Adelsprädikat. Nur auf dem Handzettel, den man am Eingang den Journalisten in die Hand drückte, standen nähere Angaben.

„Wie wollen Sie uns beweisen, dass Sie die jenige sind, für die Sie sich ausgeben? Neben ihrem amerikanischen Pass müssten Sie ja zu mindest ihre Original-Geburtsurkunde vorlegen können, Mrs. Richardson", fragte der Reporter der *Istwestija*. Aus der Sowjetunion waren einige Journalisten angereist, die den Geheimauftrag hatten, die Legende von Anastasija–Anna in Zweifel zu ziehen.

Anna entgegnete, dass sie sehr wohl eine Geburtsurkunde besitze, die ihr die deutschen Behörden ausgestellt haben. Ohne diese hätte sie nach deutschem Recht hierzulande neunzehnhunderteinundzwanzig nicht heiraten dürfen.

„Einige von Ihnen stellen sich meine Flucht wie eine Kreuzfahrtreise vor. In der linken Hand den Kosmetikkoffer, in der Rechten Reisepass und Bordkarte schreite ich die Gangway hinauf und werde dort vom Stuart in seiner weißen Uniform höflich in Empfang genommen. Der Weg zum Hafen im kalten Dezember neunzehnhundertsiebzehn war kein Urlaubstrip. Als Hafenarbeiter verkleidet betrat ich, zusammen mit richtigen

Schauerleuten das Schiff und nicht als Passagier. Ich hatte sicherheitshalber keinerlei Papiere bei mir. Nichts durfte meine tatsächliche Herkunft verraten."

Der moderierende Chefredakteur bemerkte die Absicht der sowjetischen Journalisten, Mrs. Richardson als Hochstaplerin zu entlarven. Um weiteren Angriffen zuvorzukommen, ging er von sich aus auf den Fall der Frieda Paulsen ein, die einer Heilanstalt einsitzend, behauptete, Anastasija zu sein. Ihre Fantasien führten dazu, dass sich die deutsche Presse jetzt nach dem zweiten Weltkrieg erneut dieses Themas annahm.

„Im Gegensatz zu Mrs. Richardson liegen für die Patientin Paulsen zweifelsfreie Papiere vor. Außerdem hat ihr Bruder die Identität bestätigt. Nur die Tatsache, dass die Paulsen noch bis vor einem Jahr, obwohl bereits in psychiatrischer Behandlung, frei herumlief, machte sie für die Presse interessant und ermöglichte dubiosen Interviews. Ich möchte betonen, dass meine Zeitung dieses Thema n i c h t aufgegriffen hat." Anna Richardson ergänzte die Ausführungen des Chefredakteurs. Sie habe nach ihrer Ankunft in Deutschland von der psychisch kranken Frau gehört, die glaubte, Anastasija zu sein, diesen Vorgängen jedoch keine große Bedeutung beigemessen. Dann wandte sie sich nochmals speziell an die Journalisten aus ihrer ehemaligen Heimat und sprach sie in Russisch an:

„Ich komme eben von einer längeren Reise, die mich auch nach St. Petersburg, heute Leningrad, führte. Ich freue mich, dass man bemüht ist, die Kriegsschäden zügig zu beheben. Mein Geburtshaus in Peterhof steht jedenfalls wieder." Anna wiederholte das Gesagte noch einmal in Deutsch, damit die heimischen Journalisten begriffen, warum ihre sowjetischen Kollegen so verdutzte Gesichter zeigten. Dann beschrieb sie noch ein paar bauliche Veränderungen, die Peterhof durch die Kriegsschäden erfahren hat, was ihrer Glaubwürdigkeit zweifellos zu gute kam. An der nächsten Fragerunde beteiligten sich die vom KGB als Provokateure vor geschickten Journalisten nicht mehr. Auch Fragen zu ihrer Identität traten im Verlauf der Veranstaltung in den Hintergrund. Die Anwesenden wollten etwas aus ihrem jetzigen Leben wissen und ihre Ansichten über das Nachkriegs-Deutschland hören.

Robert und Irina gratulierten ihrer Mutter am Ende der Pressekonferenz. Sie hatten alles aus einem Übertragungswagen mit angehört. Ihre Mutter war die Beste, denn sie hatte sich tapfer geschlagen.

Sie saßen zu dritt im Auto. Robert fuhr Mutter und Schwester nach Hause. Außerhalb der Städte waren die Straßen wenig belebt und es machte Spaß, durch Kurven und über Hügel den Wagen zu fordern und behutsamere Autofahrer zügig zu überholen. Eine Kreuzung der Bundesstraße mit einer anderen wurde angekündigt und nach einer Rechtskurve war auch schon die auf Rot geschaltete Ampel sichtbar. Robert bremste ab. Langsam ließ er den Wagen auf die Kreuzung zurollen, in der Hoffnung, noch vor einem endgültigen Stillstand grünes Licht zu bekommen. Aber die Ampel tat ihm nicht den Gefallen und er bremste bis zum Stillstand des Wagens. Was war das? Er trat das Bremspedal bis zum Boden durch – nichts! Geistesgegenwärtig griff er zur Handbremse. Die Hinterräder blockierten und der Wagen brach leicht aus der Spur. Dank der geringen Geschwindigkeit, kam der Wagen problemlos   zum Stehen.   Robert stieg aus und schaute unter den Wagen. Eine kleine Ölpfütze

46

zeigte ihm, dass die Bremsleitung abgerissen war. Prüfend griff er mit der Hand danach. Den Flansch, der den Bremsschlauch mit der Bremse verband, hatte jemand gelockert. Während der Fahrt hatte sich der Schlauch gelöst. Robert lief es bei dem Gedanken eiskalt den Rücken herunter. Was wäre gewesen, wenn das wenige Minuten vorher geschehen wäre? Bei einer Geschwindigkeit von über achtzig Kilometern in der Stunde hätte das den sicheren Tod bedeutet, denn nur mit der Handbremse wäre er nicht in der Lage gewesen, das Auto vor der Kreuzung zum Stehen zu bringen. Seinen beiden Insassinnen erzählte er etwas von einer kleinen Panne. Nachdem sie den Wagen von der Kreuzung geschoben hatten, rief er die Militärpolizei an und forderte Personenschutz und die Sicherstellung des Wagens. Major Robert Richardson glaubte nicht an eine Panne. Hier lag ein glatter Mord- bzw. Attentatsversuch vor. Zusammen mit dem Jeep kam auch ein Abschleppwagen mit dem weißen Stern auf der Türe. Während er bei dem beschädigten Wagen blieb, brachten die Militärpolizisten Anna und Irina in Roberts Wohnung.

„Sie hatten Recht. An ihrem Auto wurde manipuliert. Die beiden hinteren Bremsschläuche waren abgeschraubt. Das war geschickt eingefädelt. Hätte der Täter die Schläuche angeschnitten, wäre es beim ersten Bremsen zum Totalausfall gekommen und sie hätten es bemerkt, ehe sie richtig Fahrt gekommen wären. Der rechte Bremsschlauch war durch Schmutz etwas verkrustet. Das war Ihr Glück! Dadurch sind die Bremsleitungen nicht gleichzeitig abgefallen. Metallspuren eines Schraubendrehers konnten wir sichern. Fingerabdrücke oder andere Spuren, die auf den oder die Täter schließen, wurden erwartungsgemäß nicht gefunden. Bringen Sie ihre Frau Mutter, denn ihr galt vermutlich das Attentat, umgehend außer Landes. Ich denke, zu Hause in Baltimore ist sie sicherer. Wir werden dem dortigen FBI-Büro Mitteilung von dem Vorfall machen. Sie sollen ein Auge auf Mrs. Richardson und ihre Familie werfen." Robert bedankte sich bei dem Offizier von der Militärstaatsanwaltschaft. Ähnlich besorgt zeigte sich Roberts Vorgesetzter, als er von dem Unfall und seine Hintergründe Kenntnis erhielt. Dass einer seiner Offiziere die Aufmerksamkeit des sowjetischen Geheimdienstes auf sich gezogen hatte, machte ihm Angst und er erwog eine Versetzung des Majors. Ehe er darüber endgültig entschied, musste er noch die Herren Kameraden von der Abwehr konsultieren... .

„Piep, piep, piep", tönte es aus dem Fernseher. Anna und Walter verfolgten die Reportage über den Start des ersten Satelliten. Am nächtlichen Sternenhimmel bewegte sich ein kleiner Lichtpunkt durch das Firmament. Der Kommentator erläutert den Flugplan des *Sputniks. Sputnik* hatte die Sowjetunion ihren Satelliten getauft. Dann folgte ein Szenenwechsel. Man übertrug eine Pressekonferenz aus Moskau. Die Kamera hielt ein Eins-zu-Eins-Modell, das von der Decke des Konferenzraumes herabhing, fest. Eine über achtzig Zentimeter große, silbrig glänzende Kugel mit vier langen Antennen an der Seite war die Weltsensation Nummer Eins.
„Hätte das zaristische Russland das auch fertig gebracht?", fragte Walter. Dabei blieb sein Blick auf den Fernsehapparat gerichtet, als ob er diesem und nicht seiner Frau die Frage gestellt hätte. „Wir Russen können sehr kreativ sein, wenn es darauf ankommt." Anna hatte „wir Russen" gesagt, was ihm sofort auffiel. Walter ließ Zweifel

aufkommen, dass Russland ohne Revolution eine solche Entwicklung genommen hätte, wobei er offen ließ, dass auch eine Demokratie dazu in der Lage gewesen wäre und es nicht unbedingt einer kommunistischen Diktatur bedürfe. „Die Diktatur ist eher hinderlich als fördernd", erwiderte Anna. fügte aber hinzu, dass sich Russland auch ohne Revolution auf eine konstitutionelle Monarchie hinbewegte. Sie sei überzeugt, dass unter der Regentschaft ihres Bruders das politische Modell der europäischen Monarchien, voran England und Schweden, auch im Zarenreich Einzug gehalten hätte und Russland auch so zu einer ökonomischen Großmacht aufgestiegen wäre.

„Wenn du schon spekulierst, Walter, dann lass mich folgende These aufstellen: ohne Revolution in Russland, keine Revolution in Deutschland, kein Hitler, kein Zweiter Weltkrieg." Walter reichte ihr seine Hand und meinte, dass es wirklich wenig Sinn mache, über historische „Wenn und Aber" zu diskutieren und das Amerika vorerst nichts anderes übrig bleibt, der Sowjetunion zu ihrem technischen Erfolg zu gratulieren. Anna räumte ein, dass solche Ereignisse, zu mindestens vorübergehend, zu einer Aufwertung des politischen Systems führen, so dass sie den Start des *Sputniks* mit einem lachenden und einem weinenden Auge verfolge. Der Fernseher blieb eingeschaltet, zumal der Kommentator der Pressekonferenz die aus amerikanischer Sicht nötige Distanz entgegenbrachte.

Ihre historische Betrachtung fortsetzend, meinte Anna: „Ich weiß, ihr Amerikaner habt von Anfang an auf einen Monarchen verzichtet und der Republik samt Demokratie den Vorzug gegeben. Könige, Kaiser oder Zaren kennt ihr nur aus der Geschichte oder Märchenbüchern. Bei uns in

Europa, ich bin ja nur eine Zugereiste, gibt es den Spruch: *Ein Präsident trennt, ein König vereint sein Volk.* So falsch scheint die Erkenntnis nicht zu sein, wenn ich an den amerikanischen Bürgerkrieg im neunzehnten Jahrhundert denke, wo plötzlich zwei Präsidenten zur Disposition standen."

„Im Aufbau der europäischen Republiken merkt man, dass sie aus Monarchien hervorgegangen sind, während wir in den USA einen gänzlich anderen Staatsaufbau betrieben haben", entgegnete Walter. Dabei verwies er auf die politische Doppelspitze der europäischen Staaten, bestehend aus Staatspräsident und Regierungschef, während in den USA, und dem Prinzip haben sich auch die lateinamerikanischen Staaten angeschlossen, der Präsident dem Staat und der Regierung vorsteht.

„Der Staatspräsident in Europa hat in der Regel den regierenden Monarchen abgelöst. Die Befugnisse, die der Präsident hat, sind von Land zu Land unterschiedlich und in den Verfassungen festgeschrieben. Eine Ausnahme hat Deutschland im Dritten Reich gemacht, als Hitler nach dem Tode des Reichspräsidenten v. Hindenburg dessen Amt mit seinem, des Reichskanzlers, vereinigte und sich Führer nennen ließ."

Anna meinte, dass der Staatsaufbau der Sowjetunion in der Stalinzeit in kein Schema passen würde. Dem widersprach Walter mit der Feststellung, dass auch dort zu lande zwischen Staats- und Regierungschef unterschieden wird. Die Funktion des Parteiführers wird meistens mit einem der beiden Staatsämter verknüpft, um die uneingeschränkte Macht der kommunistischen Partei zu sichern.

„Stimmt", meinte Anna. „Stalin war Premier und Parteichef. Staatspräsident war der kleine Kalinin. Politisch ziemlich bedeutungslos."

„Wie sind wir eigentlich auf die hohe Politik gekommen?", fragte Walter und gab sich selbst die Antwort. „Es war der erste Satellitenstart heute, am vierten Oktober neunzehnhundertsiebenundfünfzig."

„Hat nun der Wettlauf zum Mond begonnen?", fragte sie ihn. Walter bejahte ihre Frage und ergänzte: „Dieser Wettlauf wird vorrangig zwischen den beiden Supermächten Sowjetunion und USA stattfinden. Bei der Erkundung der Kontinente und Pole standen in den vergangenen Jahrhunderten Männer aus den verschiedensten Nationen auf der Liste der Entdecker. Den Mond wird zuerst ein Mann von uns oder ein Russe betreten. Vielleicht auch Männer einer gemischten Expedition."

„Ich drücke den Amerikanern die Daumen, dass sie diesen Wettlauf gewinnen. Es genügt, wenn die Russen auf der Erde die Weltgendarmen spielen", meinte Anna.

„... und somit erhebe ich mein Glas auf den scheidenden Geschäftsführer und sage Dankeschön. Mein Toast gilt auch seinem Sohn und Nachfolger. Ihnen, Mister Tom Richardson wünsche ich an diesem sechsten September neunzehnhunderteinundsechzig alles erdenkbar Gute und geschäftliche Erfolge, wie sie auch Ihrem Vater beschieden waren." Gläser klingen, leises Glückwunschgemurmel durchzieht den Saal. Nachdem der Geschäftsfreund geendet hatte, meldete sich Anna zu Wort und bat, einen Brief ihres ältesten Sohnes verlesen zu dürfen.

Bamberg, 25. August 1961

Lieber Vater, lieber Tom!

Ich gratuliere euch zu dem Entschluss, die Firma zu übergeben bzw. zu übernehmen. Meinen Urlaub hatte ich bereits eingereicht, um an diesem denkwürdigen Ereignis teilnehmen zu können. Aber die militärpolitische Lage in Deutschland lässt es derzeit nicht zu. Unsere ehemaligen Verbündeten sind eben immer für eine Überraschung gut. Damit ihren ostdeutschen Stadthaltern die Leute nicht endgültig davonlaufen, wurden die Grenzen in Berlin geschlossen und eine Mauer errichtet. Man stelle sich das vor, im 20. Jahrhundert eine Mauer quer durch und um eine Stadt zu bauen. Europäische Traditionen des Mittelalters werden wieder lebendig. Jedenfalls stehen wir Gewehr bei Fuß, jederzeit bereit, unseren Kameraden in Berlin zu helfen. Wir wachen akribisch darüber, dass die Sowjets und Ostdeutschen die Vier-Mächte-Vereinbarungen einhalten und Westberlin unangetastet bleibt. Trotz aller Besorgnis hoffe ich, euch noch dieses Jahr in Baltimore besuchen zu können.

Anna senkte den Brief. „Der Kommunismus hat seinen Zenit überschritten und Deutschland ist seine Achillesferse. Von dort wird alles ausgehen und das Land meiner Väter mitreißen."

Die Gäste schwiegen. Richardson sen. dankte seiner Frau und eröffnete das Stehbüfett, dem ausnahmslos ungeteilte Aufmerksamkeit zuteil wurde. Während Vater und Sohn von den anwesenden Geschäftsfreunden mit Fragen und Ratschlägen belegt wurden, hatten sich um Anna und Irina diejenigen versammelt, die besorgt nach der Situation in Deutschland fragten. Die Zweistaatlichkeit war vielen gar nicht bewusst und die damit verbundenen Probleme für die politisch weniger Interessierten absolutes Neuland, das nun Mutter und Tochter nach bestem Wissen beackerten... .

IV. Der rote Stern erlischt

Sie saßen alle an der U-förmig aufgestellten Tafel. Dort, wo das „U" zusammenlief, saß Anna, eine goldumrankte Siebzig steckte in der kerzengeschmückten Torte. Der Platz neben ihr war leer. Walter, mit dem sie in diesem Jahr ihr goldenes Ehejubiläum begangen hätte, weilte nicht mehr unter ihnen. Dafür war die Zahl der Schwiegerkinder und Enkel um so größer. Der älteste Enkel David trat in die Fußtapfen von Großvater und Vater. Er schickt sich an, die Firma zu übernehmen. Robert, inzwischen wieder in der Heimat stationiert, war ebenfalls mit Frau und Kindern anwesend, was Anna besonders schätzte. Hatte doch der langjähriger Dienst in Deutschland seine Teilnahme an Familienfeiern oft unmöglich gemacht. Als Oberst der US-Streitkräfte war er neben Tom, dem Firmenlenker, einer der tragenden Säulen der Familie Richardson. (Man munkelte, das nach den nächsten Wahlen seine Berufung ins Pentagon und die Ernennung zum General nicht ausgeschlossen sei.) Die dritte und illustre Säule war Anna selber. Als Großmutter, Älteste der Familie und Großfürstin nahm sie eine Sonderstellung ein, die von der ganzen Familie respektiert wurde. Nicht ein Patriarch, eine Patriarchin stand den Richardsons vor. Die übrigen Gäste und Freunde des Hauses kannten die Situation und respektierten sie. Die kleine Festansprache übernahm Robert. Nachdem er fast eine viertel Stunde gesprochen hatte, schloss er mit den Worten, dass er als Offizier kein guter Redner sei und dies auch nicht gewöhnt ist. Die gegenteilige Kritik folgte prompt. Als Letzter gab noch ein Geschäftsfreund seine Gedanken zum Besten, bevor Anna die Tafel eröffnete.

Nachdem sich der erste Ansturm auf das Büfett gelegt hatte und man davon ausgehen konnte, dass die meisten versorgt waren, schlug sie an ihr Glas und dankte allen für diesen schönen Geburtstag. Der Siebzigste, meinte sie, sei Anlass mit den Memoiren zu beginnen. Ihr bewegtes Leben - zweimal war sie dem sicheren Tod entgangen - biete genug Stoff dafür. Ihr Leben sei, trotz ihres ganz persönlichen Schicksals, ein Abbild dieses Jahrhunderts mit all seinen Widersprüchen und den Höhen und Tiefen in der europäischen Geschichte.

„Ich wünsche den Völkern Europas, dass sie, wie das amerikanische Volk, zur Geschlossenheit und politischen Stabilität zurückfinden." Der Entwicklung in ihrem ehemaligen Vaterland sieht sie mit Sorge entgegen. Russland habe, trotz zweier Kriege und Revolution, die Rolle als Gendarm Europas noch nicht aufgegeben. Eine Politik, die im achtzehnten Jahrhundert ihren Anfang genommen hat. Sie weiß, dass sie durch ihren Schicksalsschlag eine andere geworden ist und erwähnt das Gespräch mit der Frau v. Boeheim im Zug nach Deutschland vor mehr als fünfzig Jahren. Als Großfürstin hätte sie eine solche Sicht der Dinge nie erlangt und sie sei ihrem Schicksal letztlich dankbar. Irina, die als Verlagslektorin tätig ist, klatschte spontan Beifall, als Mutter ihren Entschluss bekannt gab. Irina war es, die ihr vorschlug, ihre Erlebnisse schriftlich festzuhalten und ein Buch zu schreiben. Erst nach Walters Tod, als Anna die Decke auf den Kopf zu fallen drohte, nahm das Projekt Gestalt an. Nun hatte sie sich endlich durchgerungen und gab ihr Vorhaben bekannt. Irina unterbreitete ihr den Vorschlag, mit ihrem Verlag einen Vorvertrag abzuschließen. Anna bremste das Temperament ihrer Tochter, die Mamas Buch schon in den Auslagen der Buchhandlungen liegen sah. „Ich weiß auch schon den Titel. *Von der Großfürstin zur Amerikanerin – aus dem Leben der Anna Richardson*", meinte Irina. Ehe Anna etwas sagen konnte, hatte sich Robert eingeschaltet: „Vorsicht mit diesem Titel. Oder habt ihr schon die durchgeschnittenen Bremsleitungen vergessen? Wenn Mutter ein Buch herausbringt, dann bitte unter einem Pseudonym. Ihr richtiger Name darf nicht genannt werden."

„Das Beste wird sein, wenn das Buch erst nach meinem Tod erscheint, um Negatives von euch und mir fernzuhalten. Ich würde mir es nie verzeihen, wenn bei einem Anschlag auf mich jemand von euch oder den Enkeln zu Schaden käme", schlussfolgerte Anna resignierend.

Anna lag mit einer Erkältung danieder. Irina brachte eine Tasse Tee ans Bett. In der anderen Hand hielt sie Seiten von Mutters Manuskript, die sie korrigierte.

„Mama, du musst auch etwas über dein Liebesleben erzählen. Wer waren deine Liebhaber vor und während der Ehe?" Anna warf ihrer Tochter einen strafenden Blick zu: „Der letzte Teil deiner Frage war hoffentlich nicht ernst gemeint!" Doch dann versenkte sich ihr Blick in die Vergangenheit. Ohne ihre Tochter dabei anzuschauen, begann sie zu erzählen:

„Er hieß Mischa und war siebzehn Jahre älter als ich, war verheiratet und hatte zwei Söhne. Er war es, der mir zur Flucht verhalf. Mir ging es damals so, wie vielen jungen Mädchen. Die schönste

Liebe ist die unglückliche, unerfüllte Liebe. Als wir damals in Leningrad waren, hoffte ich ihn wieder zusehen. Er war schon tot. Vielleicht war mein Besuch bei der Familie seines Sohnes die Ursache dafür, dass mich der Geheimdienst aufgespürt hat, was uns beinahe das Leben kostete. Du siehst, wenn man liebt, denkt man nicht immer rational. Heute kann ich dir ja sagen, dein Vater war mein erster Mann und ist es auch die ganzen Jahre geblieben. Wir führten eine gute Ehe, was ich auch euch von Herzen wünsche."

Als Anna dann noch zugab, dass Mischa nur Bediensteter am Hofe war und kein Mann von Rang und Adel, stieg ihr Ansehen in den Augen der Tochter.

„Du konntest wahrscheinlich am Ehesten über deinen Schatten springen. Darum ist dir als Einzige die Flucht gelungen", meinte Irina. Anna zuckte mit den Schultern. Wie lange lag das jetzt zurück? Sie war schwächlich geworden. Das Gedächtnis ließ nach Dichtung und Wahrheit lagen eng beieinander. Insbesondere an ihren Kindheitstagen vor Ausbruch der Revolution lagen nur noch spärliche Erinnerungen vor. Für die Zeit später konnten die Kinder aus dem gemeinsam Erlebten mit beisteuern, das Lebenswerk zu vollenden.

D a n k s a g u n g
allen Kondolierenden, die uns auf dem letzten Weg
unserer Mutter und Großmutter
Mrs. Anna Richardson
begleiteten.

Irina und Tom standen mit ihren Ehepartnern vor dem Grab. Die Kränze und Blumen waren abgeräumt, als die Steinmetzen den Grabstein aufstellten. Unter dem Namen des Vaters waren die Lebensdaten der Mutter gemeißelt worden. Die ersten Strahlen der Frühlingssonne beschienen das Grab und wärmten die Davor stehenden. Langsam entfernten sie sich. Auf dem Heimweg erkundigte sich Tom nach dem Buch. „Ich schreibe das Schlusswort, dann gebe ich es dem Verlag. Ich denke, nächstes Jahr wird es dann im Buchhandel erscheinen", antwortete Irina.

Der Kreml lag im Scheinwerferlicht. Langsam focusierte die Kamera den Fahnenmast, an dem sich die rote Fahne mit den goldenen Initialen des Kommunismus, Hammer und Sichel im Gösch, leicht im Nachtwind blähte. Dann begann das Schauspiel. Langsam wurde die Flagge eingeholt und verschwand am unteren Bildrand des Fernsehers. Nach einer Minute etwa tauchte die weiß-blau-rote Fahne Russlands auf dem Bildschirm auf. Gespannt verfolgte Irina das Schauspiel und dachte in dem Moment an Mutter. Hatte sie es nicht vorausgeahnt, vor vierzig Jahren schon, als die Mauer in Berlin gebaut wurde? Den Mauerfall hatte Mutter nicht mehr erlebt aber ihre Prophezeiungen haben sich heute mit diesem symbolischen Flaggenwechsel erfüllt.
Die Russen gaben der Stadt an der Newa ihren jahrhunderte alten Namen St. Petersburg zurück. Nicht nur Leningrad, sondern alle Städte, die man nach kommunistischen Spitzenfunktionären benannt hatte, erhielten ihre ursprünglichen Namen, wie vor neunzehnhundertachtzehn.

„Wann sagten Sie, war das?" Der Mann im St. Petersburger KGB-Archiv warf einen Blick auf seinen Bildschirm, auf dem verschiedene Aktenzeichen und Regalstandorte vorüber liefen. „Neunzehnhundertdreiundfünfzig in Westdeutschland", antwortete Irina. Wenige Minuten später lag ein Stapel gebündelten Papiers vor ihr. Sie hatte vor der Reise noch einen Fremdsprachenkurs in russischer Sprache besucht, um ohne Dolmetscher leben, reisen und recherchieren zu können. Bei den handschriftlichen Notizen hatte sie zum Teil Mühe, diese zu entziffern. Ein junger Mann gesellte sich zu ihr und sprach sie in gutem Schulenglisch an und stellte sich als Historiker der hiesigen Universität vor. Irina erzählte ihm, die Tochter der Großfürstin Anastasija zu sein, die neunzehnhundertsiebzehn geflohen war, neunzehnhundertdreiundfünfzig für einen Tag Leningrad besuchte und daraufhin mit knapper Not einem Attentatsversuch in Deutschland entging. Dabei wäre nicht nur ihre Mutter, sondern auch sie selbst und ihr ältester Bruder zu Schaden gekommen. Der junge Mann hörte aufmerksam zu. Als Irina geendet hatte, meinte er, dass es selbst noch heute schwierig sei, die Sowjetzeit aufzuarbeiten, besonders solche politischen Fragen mit geheimdienstlichen Verstrickungen. Dass es einer Zarentochter gelungen sei, zu fliehen und zu überleben, war als Mutmaßung unter den Historikern bekannt. Jetzt, wo er im Beisein Irinas die Dokumente durchsah, schien sich die Hypothese zu bewahrheiten. Je länger der Historiker in den Unterlagen blätterte, desto einsilbiger wurde er, was Irina nicht verborgen blieb. Darauf angesprochen, gestand er, der Enkel jenes KGB-Offiziers zu sein, der damals das Komplott gegen Anastasija organisiert hat. Er zeigte auf verschiedene Dokumente, die mit *Wasserburg* unterschrieben waren. Dann legte er Irina zum Vergleich seinen Ausweis vor. *Alexander Alexejewitsch Wasserburg* las sie. „Sie können doch nichts für Ihren Großvater", machte sie ihm Mut, keine Hürden zwischen ihm

und ihr aufzubauen und gemeinsam unvoreingenommen nach der historischen Wahrheit zu suchen. Wasserburg jun. versprach, in den alten
Unterlagen seines Großvaters nachzuschauen,
ob noch Interessantes zu finden sei.

„Wenn Sie dafür sorgen, das Verbrechen an der
Zarenfamilie publik zu machen und die Existenz
meiner Mutter als einzig Überlebende zu bestätigen, ist mir viel geholfen. Russland braucht vor
uns, keine Angst zu haben, dass wir Anspruch
auf den Thron erheben. Wir sind Bürger einer der
ältesten existierenden Republiken dieser Welt.
Ein solches politisches Amt als Monarchin wäre
mir und der ganzen Familie fremd“, erklärte Irina
und verabschiedete sich.

Gleichmäßig brummten die Motoren der Turbo-
propellermaschine und sangen den Passagieren
ihr Schlaflied. Irina hatte den Kopf an die Schulter von Mike, ihren Mann gelehnt und hielt die
Augen geschlossen, während er noch den Sonnenuntergang in den unendlichen Weiten Russlands verfolgte. Die Nacht senkte sich über das
Land.
Das Flugzeug setzte zum Sinkflug in das Moskauer Lichtermeer an. Die Abfertigung der Reisenden vollzog sich rasch und reibungslos auf
diesen Binnenflügen. Der Freundeskreis „Mütterchen Russland e. V.“ hatte Irina und Mike in die
Hauptstadt eingeladen. Nach Verlassen des
Flughafens vertrauten sie sich, ortsunkundig wie
sie waren, einem klapprigen Taxi an, um ins Hotel zu gelangen. Ein Zimmer hatten sie vorsorglich von St. Petersburg aus reservieren lassen.

Der Saal war festlich geschmückt. Mit Imitaten
aus Plaste hatte man den Raum zu einem Ge-
mach hochstilisiert, wie sie in St. Petersburg und

Peterhof dem Zaren zu Regierungs- und Repräsentationszwecken   zur Verfügung gestanden haben müssen. Einige der Gäste trugen auch Kleidung und Uniformen aus der Zeit des letzten Zaren. Als Irina und Mike den Saal betraten, begrüßte sie ein Uniformierter: „Mein Name ist Pjotr Michailowitsch Prutin, Kapitän und Ordonanzoffizier des Zaren. Ich darf sie mit seiner kaiserlichen Hoheit bekannt machen." Nachdem er sein Sprüchlein aufgesagt und Irina die Hand geküsst hatte, machte er auf dem Absatz kehrt und bat beide, ihm zu folgen. Mike meinte flüsternd im falschen Film zu sein und hatte keinerlei Verständnis für derartige Zeremonien. Irina legte beruhigend ihre Hand auf seinen Arm und meinte: „Ich bin in den Augen dieser Leute nicht einfach Mrs. Huston, sondern die leibliche und legitime Enkelin Nikolai des Zweiten und wahrscheinlich auch Großfürstin." Sie wurden einem Manne vorgestellt, der insbesondere durch Haartracht und Bartwuchs mit Nikolai, dem letzten Zaren, Ähnlichkeit hatte. Einen Vergleich gestattete das fast lebensgroße Ölportrait des Herrschers, das an der Schmalseite des Saales hing. Während Mike dem vermeintlichen Zaren die Hand gab, ließ sich Irina zu einer Art Hofknicks herab, was durch den spontanen Ausruf: „Komm an mein Herz, Töchterchen", honoriert wurde. Der Zar küsste nicht nur Irina, sondern auch, wie in Russland üblich, Mike. Mikes Misstrauen wurde durch ein leichtes Verstörtsein ersetzt.   Auch die mit Wodka gefüllten Becher waren gewöhnungsbedürftig. Sein leicht süßlicher Geschmack machte es auch Mike möglich, die sto Gramm in nur zwei Zügen auszutrinken. Als Ausländer sahen ihm die Gastgeber diesen Verstoß gegen die Sitte, in einem Zug hundert Milliliter Hochprozentigen hinunter zu spülen, nach.

Im Verlaufe des Abends gesellte sich Hauptmann Prutin zu Irina und machte sie mit den Zielen des Vereins von „Mütterchen Russland" vertraut. Dabei erwähnte er auch, dass seine Urgroßmutter Anastasija mehrere Tage in St. Petersburg beherbergt hatte, ehe sie auf einem schwedischen Schiff außer Landes gebracht werden konnte. Anliegen des Vereins sei es, in erster Linie russische Traditionen zu erneuern, die durch die Sowjetära verloren gegangen waren. Dazu gehörte auch, das Vermächtnis des letzten Zaren ins Gedächtnis der Menschen zurückzurufen. Bei Mike zeigte der Wodka inzwischen Wirkung. Mit leicht gelähmter Stimme vertrat er die Auffassung, dass der Genuss dieses wasserklaren Getränkes eine durchaus erhaltenswerte Tradition sei. Prutin, der etwas englisch sprach, machte ihm klar, dass diese Tradition auch im Kommunismus wärmstens gepflegt wurde. Diese Tradition sei gerade zu beängstigend im Volke verwurzelt und bedürfe keiner besonderen Pflege. Dabei führte er Mike diskret zu einem Sofa, um sich dann erneut Irina zuzuwenden. Die Rückkehr Russlands zur Monarchie wäre in den Augen seiner Freunde wünschenswert aber nicht vorrangiges Ziel. Angesprochen auf den hier als Zar fungierenden, meinte er, dass es sich bei dem Manne tatsächlich um einen fernen Verwandten handelt und betonte, dass Irina, Dank ihrer Herkunft wesentlich prädestinierter wäre, hier das Herrscherhaus zu vertreten. Abschließend meinte Prutin: „In Jekaterinburg soll im Hof der ehemaligen Tschekazentrale ein Gedenkstein an die Bluttat von neunzehnhundertachtzehn erinnern. Bisher war man sich noch nicht schlüssig, ob Anastasijas Name mit auf dem Grabstein erscheinen soll oder nicht. Doch die jüngsten Nachforschungen und nicht zuletzt Irinas Besuch haben alle überzeugt, dass es einem Familienmitglied gelungen war, dem roten Terror zu entkommen."

Auf der kleinen Bühne im Saal wurde es hell. Alle warteten gespannt auf die Darbietungen. Ein junger Mann mit Vollbart betrat die Bühne. Er trug Volkstracht: einen hellen Hemdkittel mit asymmetrischer Knopfleiste und bestickten Bündchen, dunkelblaue Hose und schwarze weiche Stiefel. Die Leute lachten. Irina merkte, dass er Witze erzählte. Er sprach mit Moskauer Dialekt, den Irina schlecht verstand. Mike lachte pflichtschuldigst mit, obwohl er kein Wort russisch, geschweige denn, den Dialekt verstand. Der Mann griff zu einer Harmonika. Nach ein paar Eingangstakten stellte er sich vor. Jetzt befleißigte er sich eines deutlichen Schulrussischs: „Mein Name ist Schnaps Schnapsimowitsch Wodka. Ich bin ein berühmter Arzt und gelte als Entdecker der russischen Krankheit (Gelächter im Saal). Wie unterscheidet sich diese Krankheit von Aids? Aids ist nicht schön. Aber es war schön, als man sich ansteckte. Als man mit dem Trinken begann, war es nicht schön. Hat man sich einmal an den Wodka gewöhnt, schmeckt er von Tag zu Tag besser (scherzhafte Zwischenrufe aus dem Publikum)."

Dann sang er ein paar schwermütige Lieder und begleitete sich dabei auf der Harmonika. Nach ihm trat eine Volkstanzgruppe auf. Die Mädchen trugen die charakteristische Kopfhaube mit den bunten Bändern. Auch die wadenhohen Stiefelchen fehlten nicht. Doch zwischen Kopf und den Knien war nichts von der traditionellen Bekleidung übrig geblieben. Der Kostümbildner hatte, um es deutlich auszudrücken, auf fast jegliche

Bekleidung verzichtet. Die Männer pfiffen, auch über Mikes Gesicht huschte ein Lächeln. Verständigungsprobleme waren bei dieser Darbietung nicht zu befürchten. Irina dachte bei sich: „Soll das das neue Russland sein? Der kommunistischen Prüderie wollte man offensichtlich sexuelle Freiheit entgegenstellen. Den gewaltigen Problemen, die vor dem Land liegen, kann man nicht nur mit Ernst begegnen. Lebensfreude und Frohsinn gehören auch dazu. Diese Darbietungen sind eben eine Ausdrucksform dazu." Prutin trat an Irina heran und fragte sie, wie ihr dieses Rahmenprogramm gefalle. Laut erwiderte sie: „ Ich sehe darin einen Ausdruck von Lebensfreude, wie er in den vergangenen Jahrzehnten nicht möglich war. Auch bei uns in den Staaten erfreuen sich solche Darbietungen nicht ungeteilten Beifalls. Die viel zitierten *unbegrenzten Möglichkeiten* sind eher Legende als gelebte Realität."

Dann wechselte Irina das Thema und fragte Prutin, ob sich denn die russische Gesellschaft nach dem Zarenreich als parlamentarische Monarchie zurücksehne. Mit dem Hinweis auf die Vision ihrer Mutter, dass auch ohne Revolution nach der zu erwartenden Thronbesteigung durch ihren Onkel Alexej, Russland eine solche Weg genommen hätte, wollte Irina auf eine mögliche demokratische Entwicklung unter einem Zaren verweisen.

Prutin kratzte sich protokollwidrig den Bart. Eine schwierige Frage im postkommunistischen Russland. Er verwies auf seine schon eingangs getroffenen Ausführungen zu den politischen Zielen des Vereins. Für Meinungsumfragen wäre es gegenwärtig noch zu früh, um Aussagen über die Denkweise der Bevölkerung zu diesem Thema zu erforschen.

„Schauen Sie sich die großen G-acht-Staaten an, zu denen immerhin zwei Monarchien gehören. Das Königreich Großbritannien und das Kaiserreich Japan. Russland wäre dann die dritte Weltmacht mit einem konstitutionellen Monarchen oder, wenn Sie so wollen, einer Monarchin als Staatsoberhaupt." Prutin fand die Gedanken schon interessant und gab zu, so die Frage noch nicht gesehen zu haben. Er werde dem Zaren und dabei zeigte er zur Bühne hin, diese Gedankengänge baldigst darlegen.

V. Das Denkmal

Das Taxi brachte das Ehepaar Huston in Begleitung von Pjotr Prutin in einen Vorort Moskaus. Sobald sie die Magistrale verlassen hatten, waren die Straßen schlecht. Der Taxifahrer verminderte seine Geschwindigkeit, um den Schlaglöchern mehr oder weniger erfolgreich auszuweichen. In einer kleinen Seitenstraße stoppte der Wagen. Die Datscha war von einer mannshohen Mauer umgeben, so dass man den Eindruck hatte, in eine andere Welt einzutreten. Den Garten, den die Drei betraten, ähnelte eher einem Birkenwäldchen, dazwischen ein paar Blumen- und Gemüsebeete. Den Blickfang bildeten nicht die Pflanzen, sondern die Skulpturen, die aus der Erde zu wachsen schienen. Man glaubte, vor einer Miniaturensammlung all der Denkmäler zu stehen, die in der Sowjetunion in den vergangenen fünfzig Jahren zwischen Bug und Wolga, dem Eismeer und dem Schwarzen Meer errichtet wurden. Selbst „Mutter Heimat", die schwertschwingende Frau auf dem Mamai-Hügel in Wolgograd, die über das weite Land blickt, war als Drei-Meter-Modell präsent.

Der Hausherr kam ihnen entgegen. Ein rüstiger Siebziger, angetan mit einem russischen Hemd und dunkelblauen Stiefelhosen, drückte den Ankommenden beide Hände. Irina nannte er „mein Töchterchen", als er sie an seine Brust zog. Eine Geste, die er auch bei Pjotr und Mike wiederholte. Prutin stellte den mit Sergej Petrowitsch Angeredeten als einen der bedeutendsten Bildhauer Russlands vor. Ausgehend von der Größe des Anwesens, dachte Irina, scheint das zu stimmen. Der Hausherr muss in Sowjetzeiten gut verdient haben. Der Eindruck, dass Wohlstand gegeben ist, wurde deutlich, als sie das Häuschen und Atelier des Künstlers betraten.

„Wir haben ihn aufgefordert, ein Denkmal für den gemeuchelten Zaren und seine Familie zu entwerfen. Seinen Entwurf will er uns heute und hier vorstellen", sprach Prutin einleitend. Sergej Petrowitsch schritt auf ein mit einem groben Tuch verhüllten Stein zu und legte die Plastik frei. Eine gewölbte Natursteinplatte, geschwungen wie eine Fahne, mit der metallenen Jahreszahl „19-18" bildete das Grundgerüst. In der Mitte, zwischen den Zahlen neunzehn und achtzehn, ragten sieben senkrecht stehende zylindrische Stäbe aus Stein über die Platte heraus. Der mittelste Stab war weiß getüncht. Vergleichbar mit einer Intarsienarbeit hatte der Bildhauer in jeden Stab Vor- und Vatersnamen des Zaren, seiner Frau und der fünf Kinder eingelegt. Der mittelste weiße Stab trug den Namenszug *Anastasija Nikolajewna* und die Jahreszahl *1984*.

„Ich möchte Anastasija, die zwar überlebt aber gelitten hat, vom Gedenken nicht ausklammern. Erst war auch ihre Stele schwarz. Nachdem ich, entgegen bisheriger Ansichten, von ihrem Überleben erfuhr, habe ich den ihr zugedachten Stab

nicht entfernt, sondern ihm diesen weißen Anstrich gegeben."

Irina und Mike zeigten sich tief vom Entwurf und
den Worten des Künstlers beeindruckt. Alle
schwiegen, es war eine Gedenkminute, die man
den Gemeuchelten zollte. Irina drückte dem
Künstler wortlos die Hand und bat, das Modell
fotografieren zu dürfen, was er ihr gestattete.
„Hoffen wir", sagte Mike auf englisch zu Prutin,
„das dieses Denkmal einen würdigen Platz in
Jekaterinburg finden wird."

Vor dem Häuschen der Hustons in Baltimore hielt
ein Kleinlastwagen und hupte. Der Fahrer zog
aus der Latztasche einen Frachtbrief hervor und
erkundigte sich bei Irina, die fragend auf ihn zu-
kam, nach der Richtigkeit der angegebenen Adresse. Irina bestätigte das. Trotzdem war sie keinen Deut klüger, als die Spediteure eine schmale
Kiste von der Größe eines Kleiderschrankes ab-
luden, das Trinkgeld dankend entgegennahmen
und die Hustons mit der rätselhaften Ladung allein ließen. Unter der sorgfältigen Verpackung
kam jenes Denkmal zum Vorschein, das ihnen
ein Tag vor ihrem Rückflug vorgestellt wurde.
Sorgfältig trugen sie die Skulptur ins Haus und
stellten sie im Wohnzimmer auf dem Teppich ab.
Es dämmerte und der weiße Stab mit dem Namenszug *Anastasija Nikolajewna* hob sich vor
dem steinernen Hintergrund und den anderen
sechs Stäben ab.

*   *   *

ANASTASIJA NIKOLAJEWNA ROMANOWA

vermutlich tatsächlicher Lebenslauf

18. Juni 1901 geboren in Peterhof
Vater: Nikolai II., russischer Zar
Mutter: Alexandra Fjodorowna,
geb. Alice v. Hessen-Darmstadt

21. März 1917 Internierung in Zarskoje Selo

16. Juli 1918 ermordet in Jekaterinburg
zusammen mit ihren Eltern und
den vier Geschwistern

fiktiver Lebenslauf nach der Inhaftierung 1917

Dezember 1917   *Anastasija gelingt als ein-
zigem Familienmitglied der
Romanows die Flucht aus
Russland*

12. Februar 1984   *stirbt als Anna Anderson in
den USA*

Historisch eindeutig ist dieser Werdegang nicht nachgewie-
sen, weshalb ab 1917 von einem fiktiven Lebenslauf gesprochen werden muss.
Für die übrigen Personen gilt, dass Ähnlichkeiten mit Lebenden oder Toten rein zufällig und nicht beabsichtigt sind.

Zweites Buch - Tamara

I. Der Tod

Apathisch hockte der Junge in der hintersten Ecke des Raumes. Ein Unteroffizier, mit der MPi im Anschlag, betrat die Hütte und forderte ihn mit einer Handbewegung auf, hervorzukommen. Wortlos erhob er sich. Ohne den Uniformierten eines Blickes zu würdigen, ging er an ihm vorbei nach draußen. „Merkwürdiger Typ", dachte der Unteroffizier. „Was ist an dem Kerl anders?" Dieser Guerilla lief leichtfüßiger und sein Gesicht...? Vor der Hütte hatte man mehrere Tote abgelegt. Der Bursche ging hin und blieb vor den Gefallenen stehen. Den barschen Befehl, weiter zu gehen, befolgte er nicht. Statt dessen erwies er dem Mittelsten einen letzten Gruß. Die rechte Hand zur Faust geballt, winkelte er den Arm an. Diese plötzliche Bewegung erschreckte seinen Begleiter dermaßen, dass dieser abdrückte. Der Junge brach zusammen. Als der Unteroffizier den Toten auf den Rücken drehte, erschrak er. Der Gesichtsausdruck, das Fehlen jeglichen Bartes und ein Blick in den Ausschnitt verrieten ihm, dass er eine Frau erschossen hatte.
„Wissen Sie, wer die Frau war?", fragte plötzlich eine Stimme hinter ihm. Sich umdrehend nahm er Haltung an: „Nein, Herr Leutnant, ich habe es jetzt erst bemerkt, dass es eine Frau war." „Wissen Sie es?", fragte der Unteroffizier zurück. Der Leutnant entnahm der linken Brusttasche ein Päckchen Zigaretten, holte eine aus der Schachtel heraus, klopfte die Zigarette, um den Tabak zu verfestigen, mehrmals auf die Packung, ehe er sie in den Mund steckte und anzündete. „Nein, ich weiß nicht wer sie ist. Wenn Sie nicht so ner-

vös gewesen wären, dann könnten wir sie jetzt fragen." Der Unteroffizier macht ein betretenes Gesicht. Beruhigend fasste der Leutnant, die Zigarette zwischen den Fingern, diesem auf die Schulter und antwortete: „Aber wir wissen jetzt, wer dieser Tote ist. Das ist Ernest Guevara." Dabei stippte er etwas Zigarettenasche auf jenen Leichnam, dem die Tote einen letzten Gruß erwiesen hat.

Es war Mittag, tropische Hitze lag über dem Plateau, die Sonne schien im Zenit stehen zu bleiben.

II. Die Kindheit

Der letzte Schultag und für die Jungen und Mädchen der 8. Klasse der letzte in dieser Schule überhaupt, war gekommen. Die Jungen trugen ein weißes Hemd und kurze dunkelblaue Hosen und die Mädchen eine weiße Bluse, kombiniert mit einem Trägerrock, ebenfalls in dunkelblau. Allen gemeinsam war das blaue Dreiecktuch der Kinderorganisation „Junge Pioniere". Das Uniforme wurde noch durch das Emblem auf dem linken Oberarm unterstrichen. Gold eingefasst die blauen Großbuchstaben J und P mit der Flamme darüber vervollständigten das Bild.

Frau Schmitt, die Klassenlehrerin, betrat das Zimmer mit der inhaltsschweren Zeugnismappe unter dem Arm. Alle Kinder standen unaufgefordert auf. Dem Begrüßungsruf der Lehrerin „Seid bereit!", erwiderten die SchülerInnen mit einem „Immer bereit!" Nach ein paar einleitenden Worten über den Sinn des Lebens im Allgemeinen und den Sinn der Schule im Besonderen begann Frau Schmitt mit der Zeugnisverlesung: „Bunke, Tamara. Du stehst nicht nur alphabetisch an der Spitze der Klasse, sondern bist auch die beste Schülerin. Sieben Einsen zähle ich. Besonders die Einsen in deutscher Grammatik und Rechtschreibung möchte ich hervorheben. Sie hat diese Noten erbracht, obwohl sie erst vor wenigen Jahren mit ihren Eltern aus der Emigration nach Deutschland zurückgekehrt ist." Dann nannte sie die Fächer im Einzelnen und verlas die Abschlussbeurteilung Tamaras vor der ganzen Klasse.

Obwohl Tamara eine gute Schülerin war, war sie keineswegs der Typ des braven Mädchens. Ihr lateinamerikanisches Selbstbewusstsein, das sie aus Argentinien mitgebracht hatte, ging manchmal mit ihr durch und stand im Gegensatz zu der preußischen Kühle ihrer KlassenkameradenInnen. Frau Schmitt erinnerte sich an eine Episode vom letzten Herbst. Die Schule hatte gerade wieder begonnen und die Schüler wurden zur Schrott- und Altstoffsammlung aufgerufen. Im Wettkampf zwischen den Klassen wurde die jenige Sieger, die den meisten Schrott, insbesondere Buntmetall, auf die Waage brachte. Die Mädchen und Jungen zogen nun nach Schulschluss durch die Berliner Ruinen und sammelten alles Metallische ein. Ganz ungefährlich waren die Aktionen nicht. So brachten drei Jungen ein stark verrostetes, aber als solches noch erkennbares schweres Maschinengewehr auf den Schulhof. Der aufsichtsführende Lehrer überzeugte sich, dass die Reste eines Patronengurtes leer geschossen waren, ehe er gestattete, das MG auf der Waage abzulegen. Als die Jungen erfuhren, wie viel Kilogramm sie abgeliefert hatten, rissen sie jubelnd die Arme hoch. Nach erfolgreicher Sammlung, aus der die Klasse Tamaras als Sieger hervorgegangen war, durfte sie beim Fahnenappell dem Direktor melden. Dabei rutschte ihr die Anrede „Companero Direktor" heraus. Dieser trat ganz dicht an sie heran und meinte, dass ihn das tief bewegt hätte, da er selbst aus mexikanischem Exil komme. Laut, für alle hörbar, dankte er allen für die engagierte Teilnahme an der Altstoffsammlung. Frau Schmitt erinnerte sich, im Anschluss an den Appell Tamara gefragt zu haben, was der Direktor zu ihrer nicht ganz vorschriftsmäßigen Anrede gemeint habe. „Das geht nur den Genossen Direktor und mich etwas an. Warum fragen Sie ihn nicht selber?", sprachs und ging ihrer Wege. Die Lehrerin ließ die ihr erteilte Abfuhr über sich ergehen, im Bewusstsein, dass Tamara kein Kind mehr ist und ihre Geheimnisse brauchte, insbesondere, wenn es sich um einen Mann handelt.

III. Staatsbesuch

Als Tamara morgens im Büro erschien, fand sie einen unscheinbaren Zettel auf ihrem Schreibtisch. *„Sie werden 11^{00} beim Genossen Hofmann erwartet."* Hofmann war der hauptamtliche Parteisekretär des Institutes. Er empfing normalerweise keine Mitglieder aus der Basis, wie Tamara eine war.

Nach ihrem Studium hatte sie eine Stelle als wissenschaftliche Mitarbeiterin an dem Akademieinstitut erhalten und wertete lateinamerikanische Publizistik der Gegenwart aus. In der SED, der sie schon als Studentin beitrat, war sie lediglich

Mitglied ohne eine besondere Funktion innezu-
haben. Aus diesem Grunde gab es zur obersten
Parteileitung bisher keine Berührungspunkte.
Während andere bei solchen Vorladungen miss-
trauisch reagieren oder gar Angstgefühle entwickeln, erfüllte Tamara diese Einladung eher mit
Stolz. Und so betrat sie dann auch pünktlich das
Heiligtum des Parteisekretärs. Neben Hofmann
saß eine Frau, nur wenig älter als sie, die ihr als
Genossin Elsner vorgestellt wurde. Die beiden
Frauen nickten sich nur freundlich aber reserviert
zu. Tamara nahm in diesem Moment an, dass
die Genossin von einer höheren Parteiinstanz
käme. Dass die Elsner Hauptmann der Staatssicherheit war und als ihr Führungsoffizier fungier-
te, erfuhr sie erst viel später.

„Tamara, wir erwarten in Kürze einen Staatsbesuch aus Kuba mit Fidel Castro an der Spitze in
unserer Republik. Uns ist bekannt, dass du,
Dank deiner ausgezeichneten Sprachkenntnisse
in spanisch bereits in der Vergangenheit Besucher und Delegationen aus Kuba als Dolmetscherin betreut hast. Bei einem Staatsbesuch
dieser Größenordnung gilt es jedoch, besondere
protokollarische und Sicherheitsaspekte zu beachten. Personen, die in das Kollegium der Betreuer aufgenommen werden, müssen nicht nur
einwandfreie Sprachkenntnisse besitzen, sondern auch politisch integer sein. Sie sind, wenn
ich das so nennen darf, die kleine Botschafterin
unserer Republik. Da wir dich als klassenbe-
wusste Genossin kennen, denken wir, dass du
für diese Aufgabe in Frage kommst. Natürlich
musst du auch wollen. Der Dienst wird anstren-
gend und hat mit dem Acht-Stundenrhythmus,
wie hier im Institut, wenig gemein. Familie und
Freizeit haben in diesen Tagen absolutes Nach-
sehen."

Nachdem der Parteisekretär sein Anliegen vorgebracht hatte, erklärte Tamara ihr Einverständnis für diese Tätigkeit: „Wenn die Partei mich ruft, dann stehe ich zur Verfügung und danke für das entgegengebrachte Vertrauen. Da ich ledig bin, gibt es auch keine familiären Probleme während des Einsatzes." Bei anderen hätten diese Sätze wie Phrasen gewirkt. Nicht so bei Tamara. Sie waren aus innerster Überzeugung gesprochen und wurden von den beiden auch so verstanden. „Wir haben von dir auch nichts anderes erwartet", meinte Hofmann und bat sie daraufhin, eine Verpflichtungs- und Geheimhaltungserklärung zu unterschreiben. Danach konnte Tamara wieder gehen und verabschiedete sich von den beiden. „Wie ist ihre Meinung, Genossin Hauptmann?", fragte der Parteisekretär. „Das geht in Ordnung, Genosse Hofmann. So wie die Bunke hier aufgetreten ist, deckt sich das mit den Erkenntnissen, die wir bereits über sie haben", antwortete die Elsner.

Es gingen einige Wochen ins Land und nichts geschah. Dann erreichte sie, wieder über die Parteileitung, eine schriftliche Aufforderung, sich ab Dienstag in einer Außenstelle des Außenministeriums zu melden. Ihr bisheriges Arbeitsverhältnis am Institut ruhte während dieser Tätigkeit als Dolmetscherin für den bevorstehenden Staatsbesuch. Während des Vorbereitungskurses wurden die TeilnehmerInnen von einem Mitarbeiter der kubanischen Botschaft über das Kuba nach der Revolution, seinen staatlichen Strukturen und politischen Gliederungen informiert und lernten auch Begriffe kennen, die in keinem spanisch-deutschen Wörterbuch zu finden aber für die Dolmetschertätigkeit unerlässlich sind.

73

Als nach einem solchen Tag Tamara abends nach Hause kam, klingelte ihr Telefon. Wolfgang aus dem Institut war am anderen Ende und bat um einen Treff. Tamara stimmte zu und sie verabredeten sich in einem der zahlreichen Lokale in der Innenstadt. Wolfgang hatte eine Nelke, ihre Lieblingsblume, mitgebracht.

„Na Mädchen, erzähl mal! Was treibst du jetzt? Wenn ich richtig rechne, bist du jetzt schon drei Wochen von uns fort. Was ist denn das für ein Sondereinsatz?"

„Sehr richtig Wolfgang, das ist ein Sondereinsatz und wir sind zum Stillschweigen gegenüber jedermann verpflichtet. Wir sind vorgesehen, die nächste Woche eine Regierungsdelegation aus Kuba mit Fidel Castro an der Spitze als Dolmetscher zu betreuen. Du kannst es morgen im NEUEN DEUTSCHLAND lesen. Ab nächste Woche bin ich dann auf Achse und bleibe unerreichbar." Wolfgangs Bemühungen, Tamara Einzelheiten dieser Tätigkeit zu entlocken, blieben erfolglos. Stattdessen befragte sie ihn nach der Arbeit in der Akademie. Er hatte ein Einsehen und wechselte das Thema. Mal nicht nur über die Arbeit reden. Wie soll es mit ihnen beiden weitergehen? Wolfgangs Aufforderung, mit zu ihm zu kommen, lehnte sie ab, da sie morgen einen anstrengenden Tag habe und außerdem noch Sachen zu Hause habe.

Am nächsten Tag kam ein Vertreter des Außenministeriums, überreichte den Terminplan für die Dauer des Staatsbesuches und nannte jedem Teilnehmer auch das zu betreuende kubanische Delegationsmitglied. Tamara wurde für die Betreuung von Ernest Guevara vorgesehen. Anschließend ging sie zu einem Vertreter der Botschaft, mit der Bitte, Einzelheiten über den zu Betreuenden erfahren zu dürfen. Die Bitte Tamaras wurde auch von den anderen unterstützt. Darauf hin bereitete die Botschaft ein Material über alle Teilnehmer der Regierungsdelegation vor und stellte es den DolmetschernInnen zur Verfügung. Unter dem Bild des jeweiligen Delegationsmitgliedes waren der vollständige Name, sein Geburtsdatum und die Tätigkeit genannt. Die Mitglieder der Revolutionsregierung waren jüngere Männer unter vierzig. Auch Ernest Guevara, 1928 in Argentinien geboren, war erst Anfang dreißig und seit vorigem Jahr Minister. In einem Gespräch mit Tamara gab ihr der Botschaftssekretär zu verstehen, dass Ernesto, auch Che genannt, der zweite Mann nach Fidel sei und nach dem Tod von Camilo Cienfuegos in diese Funktion aufgestiegen sei. Das Foto zeigte einen leicht lächelnden, im Gegensatz zu Castro glatt rasierten Mann mit freundlichen dunklen Augen und nach hinten gekämmtem Haar. (Das Bild mit Vollbart und dem Barett mit dem Stern stammt aus späteren Jahren.)

Es war Vormittag. Die Sonne schien und ihr Leuchten wurde nur selten von Wolken unterbrochen. Ein leichter Wind sorgte für angenehme Temperaturen, so dass die Herren im Anzug mit Weste und auch die Soldaten der Ehrenkompanie unter ihren Stahlhelmen nicht übermäßig ins Schwitzen gerieten. Die anwesenden Frauen im Kostüm oder Kleid hatten es da etwas einfacher, sommerlich gekleidet und trotzdem offiziell angezogen zu sein. Nachdem die Sondermaschine mit den Fähnchen des Gastgebers und des Gastes am Cockpit ausgerollt war, wurde, wie bei jedem Flugzeug, die Gangway herangefahren. Doch hier war etwas mehr Präzision als bei einem Linienflug erforderlich. Kabinentür, Gangway und roter Teppich mussten eine Linie ergeben. Tamara schaute gespannt zu, wie der Mann vom Bodenpersonal mit den beiden Kellen die Maschine so dirigierte, dass diese Exaktheit zustande kam. – Die ersten, die nach Öffnen der Kabinentür das Flugzeug verließen, waren zwei Stewardessen, gefolgt von zwei unscheinbar wirkenden Herren, die eilig die Gangway herunter kamen. Dann stand e r in der Tür. Beifall ertönte. Fidel Castro Ruz stieg langsam mit grüßend erhobenem Arm die Treppe herab und wurde mit Blumen, Umarmung und Bruderkuss von seinem deutschen Amtskollegen empfangen. Danach entstiegen die übrigen Delegationsmitglieder dem Flugzeug. Tamara hatte Che bereits ausgemacht. Er erschien nach Castro an der Kabinentür. Ein Dolmetscher vermisste die obligatorische Zigarre bei Fidel und erntete gedämpfte Heiterkeit unter seinen KollegenInnen, was in der allgemeinen Begrüßungseuphorie nicht deplaziert wirkte.

Die Ehrenkompanie wurde abgeschritten, die Begrüßungsreden gehalten, nun ging es im Konvoi von Polizei- und Sonderfahrzeugen begleitet, Richtung Stadtzentrum. Im Beisein eines Sicherheitsoffiziers hatten Tamara und Ernesto Guevara in der großen Limousine Platz genommen. Die Seitenfenster waren geöffnet und der Minister aus dem Karibikstaat winkte mit einem Blumenstrauß in der Hand den Spalier stehenden Berlinern und Berlinerinnen zu. Erst am Gästehaus angekommen, war es möglich, ein paar Worte zu wechseln. Auf seine Frage, woher sie so gut spanisch könne, antwortete sie wahrheitsgemäß, dass sie in Argentinien aufgewachsen sei.

„Da sind wir ja Landsleute", meinte Guevara erfreut. In seiner direkten Art, ohne protokollarische

Regeln zu beachten, gab er ihr daraufhin die Hand und sagte: „Meine Freunde nennen mich Che, Tamara." Mit diesem Einstig hatte er sich die Sympathie seiner jungen Dolmetscherin erworben. Ein Rest Befangenheit, der trotz ihres Selbstbewusstseins geblieben war, wich bei diesen Worten des Kubaners. Diese Entkrampfung tat ihr wohl. Trotzdem wusste Tamara, dass von ihr ein korrektes Auftreten gegenüber jedermann erwartet wurde und sie war weit entfernt, plumpe Vertraulichkeit aufkommen zu lassen. Es standen anstrengende Tage und Stunden vor ihr. Wie auch ihre anderen KollegenInnen, saß sie bei Verhandlungen hinter Che an der Konferenztafel leicht nach vorn gebeugt und flüsterte ihm, simultan übersetzt, die Worte seines deutschen Gesprächspartners zu. Das war wesentlich anstrengender als das Übersetzen von Gesprächen bei Betriebs- und Museumsbesuchen oder bei anderen Empfängen, da man bei diesen Anlässen unmittelbar dabei sitzt oder steht und als Gesprächspartnerin akzeptiert wird. Bei den offiziellen Verhandlungen hat der Dolmetscher nur eine Art Statistenrolle am Konferenztisch. Aber auch diese Tage gingen vorüber und es begann der gesellige Teil des Staatsbesuches. Die Delegation wurde aufgespalten und bereiste verschiedene Orte und Sehenswürdigkeiten im Lande. Guevara, der mit Castro zur Stammdelegation gehörte, wurde auf diesen Fahrten von Tamara begleitet. Obwohl Tamara, besonders im Urlaub, vieles kennen gelernt hatte, bot doch diese Reise im Konvoi der kubanischen Regierungsdelegation viele neue Eindrücke und Erkenntnisse. Zuerst waren zwei Tage in Dresden und Umgebung vorgesehen. Auf der Autobahn, von Polizeiwagen freigehalten, kam die Kolonne der Edellimousinen rasch vorwärts und erreichte nach zwei

Stunden die Stadt an der Elbe. Beeindruckt war Tamara von der großen Gemäldesammlung. Hier fand sie Spitzenwerke europäischer Malkunst aus vier Jahrhunderten. Die Ausführungen des die Delegation begleitenden Custos waren für sie genauso neu, wie für die Kubaner. Sie kannte die Museen in Ostberlin und die Schlösser in Potsdam. Der Süden der Republik war für sie nur als Gebirgs- und Wintersportparadies in Erinnerung geblieben. Dresden selbst kannte sie bisher nur als Standort von Hochschulen und wissenschaftlichen Instituten, wo sie zuweilen dienstlich zu tun hatte. Trotz des protokollarisch bedingten Eilzugtempos, mit dem man die Gemäldegalerie durcheilte, blieben Eindrücke dieses Kunsterlebnisses haften. Die „Sixtinische Madonna" kannte sie bisher nur von einschlägigen Postkarten. Nun stand diese junge Mutter mit dem Jesusknaben auf dem Arm überlebensgroß vor ihr. Tamara hatte den Eindruck, als würde die Madonna ausschließlich auf sie schauen. Ein Eindruck, den eine Postkarte nicht vermitteln konnte. Merkwürdige Gefühle beschlichen sie bei der stummen Zwiesprache. Wann werde ich ein Kind auf den Armen tragen? Wer wird sein Vater sein? Mütterliche Gefühle und Kinderwunsch hatten für sie bisher rein theoretischen Charakter, ebenso wie eine feste partnerschaftliche Bindung nicht zu ihren aktuellen Vorhaben zählt. Die Erinnerung an Wolfgang tauchte plötzlich in ihrem Gedächtnis auf, wurde aber rasch wieder verdrängt, als Che sie ansprach: „Tamara, Sie sind ihr irgendwie ähnlich" und dabei schaute er ihr in die Augen, um den geäußerten Vergleich zu kontrollieren. Leise, damit es die Umstehenden nicht hören konnten, fuhr er fort: „Vielleicht ist die Sixtina keine junge Italienerin sondern eine junge Frau aus Lateinamerika. Soviel ich weiß, hatte Kolumbus, als Raffael es malte, Amerika bereits entdeckt."

Am Nachmittag besichtigte die Delegation außerhalb Dresdens eines der malerisch gelegenen Jagdschlösser der Wettiner, welches umgeben von einem See, auf einer Halbinsel eingebettet liegt. Die diversen Schlösser rund um die ehemalige Residenzstadt stellen nicht nur Ziele für Touristen da, sondern eignen sich auch als Sehenswürdigkeit für Staatsgäste. Außerdem war vorgesehen, dass die Delegation in dem nur einen Kilometer vom Jagdschloss entfernten Interhotel beherbergt werden soll. Dieses Hotel war nicht nur von seiner landschaftlichen Lage und Architektur her, sondern auch aus Sicherheitsaspekten prädestiniert. Nach dem Abendbrot saß man noch etwas zwanglos zusammen. Tamara bemerkte, dass die Männer sich ungestört unterhalten und ihre Zigarren rauchen wollten. Kurz entschlossen verabschiedete sie sich und erbat an der Rezeption die Zimmerschlüssel für ihr und Guevaras Zimmer. Nachdem sie etwas aufgeräumt und geduscht hatte, verließ sie, nur mit einem roten Bademantel bekleidet, ihr Zimmer und ging zu Che. Da er keinen Schlüssel hatte, musste sie wohl oder übel auf ihn warten. Sie richtete das Zimmer häuslich her, ließ aber Taschen und Koffer unberührt und wartete. Die Zeit überbrückte sie mit Fernsehen. In der Spätausgabe der *Aktuellen Kamera* war sie zweimal zu sehen. Kritisch ging sie mit ihrem Fernsehauftritt um und entschloss sich, am nächsten Tag andere Sachen anzuziehen. Im Schwarz-Weiß-Fernsehen wirkt die Bekleidung völlig anders als im morgendlichen Spiegelbild.

Da trat Che herein. „Aber Tamara, das wäre doch nicht nötig gewesen, dass du auf mich wartest." Mit Blick auf ihren Bademantel fuhr er fort:

„Ich sehe, du willst schlafen gehen." Tamara war aufgestanden und stand dicht vor ihm. Wie, um das Gesagte zu bekräftigen, strich er ihr über die Wangen, führte seine Hand an ihrem Hals entlang. Erst als seine Hand auf ihrer Schulter unter dem Kragen des Bademantels ruhte, hielt er inne, da er bemerkte, dass sie nichts darunter an hatte. Tamara öffnete den Gürtel. Ohne einen Blick von ihm zu lassen, ließ sie den Bademantel zu Boden fallen.... .

Sieben Uhr klingelte das Telefon in Tamaras Hotelzimmer. Als niemand abhob, entschloss sich der Wachhabende, vorsichtig nachzuschauen. „Frau Bunke ist nicht auf ihrem Zimmer, Genossin Hauptmann." Die Elsner wurde stutzig. Wo könnte sie sein? Persönliche oder gar intime Kontakte zwischen den Angehörigen des Betreuungs- und Wachpersonals waren während des Einsatzes streng verboten. Das Haus verlassen - unmöglich. Alle Ein- und Ausgänge waren gesichert. Um das Haus patrouillierten Hundestreifen. Die Hunde hätten angeschlagen, wenn jemand auf die Straße heraus getreten wäre. Ein intimer Kontakt zu dem männlichen Teil der Begleitmannschaft und Dolmetscher ist unmöglich, weil diese alle in Zwei- und Mehrbettzimmern untergebracht sind. Ein Mann hätte dann bei ihr geschlafen aber nicht umgekehrt. Bliebe, und bei diesem Gedanken lief es der Elsner heiß den Rücken herunter, nur die Möglichkeit, dass die Bunke ein Verhältnis mit einem Kubaner aus der Delegation hat.
Kurz nach halb acht Uhr verließ Tamara Guevaras Zimmer. Er schlief noch und hatte sie nicht Gehen hören. Auf dem Flur begegnete sie einer Wache. Von diesem Mann erfuhr sie, dass sich alle Betreuer um acht Uhr im Frühstücksraum

zwecks einer Besprechung einzufinden haben. Da Tamara, wie auch die übrigen, pünktlich erschienen war, unterließ es die Elsner nach ihrer nächtlichen Abwesenheit zu fragen. Später, als auch die Kubaner zum Frühstück kamen, bemerkte sie, wie Guevara bei der Begrüßung nur bei Tamara vertraulich den Arm auf ihre Schultern legte. Es war nur eine flüchtige und kurze Geste. Für die Staatssicherheit jedoch ein eindeutiges Indiz. Eigentlich müsste die Bunke abgezogen werden. Bloß wie gegenüber dem Staatsgast begründen, zumal es für Guevara eher ein merkwürdiger Zufall wäre, wenn seine Dolmetscherin und Bettgefährtin ausgerechnet nach dieser Nacht aus dienstlichen oder gesundheitlichen Gründen abgezogen würde. Was, wenn die kubanische Delegation ein Auswechseln der Dolmetscher als Behinderung ihrer Arbeit oder, was noch schlimmer wäre, als unfreundlichen Akt auffassen würden? Missstimmung in den Beziehungen sind ebenso wenig gewollt, wie intime Kontakte. Zumal sich letztere nicht einmal für Spionagezwecke nutzen lassen, da die Bunke keinen diesbezüglichen Auftrag hat und über keine entsprechende Ausbildung verfügt. Trotzdem entschloss sich die Elsner, den nächtlichen Vorfall nach Berlin zu melden. Das Ministerium in Berlin teilte die Auffassung von Hauptmann Elsner, vorerst nichts gegen Tamara Bunke zu unternehmen. Eine Auswertung und eventuell disziplinarische Maßnahmen werden nach Beendigung des Staatsbesuches eingeleitet.

Das Schiff der „Weißen Flotte" war über die Toppen geflaggt. Der Staatsbesuch endete traditionsgemäß mit einer Abendfahrt auf der Spree.

81

Das sommerliche Wetter gestattete auch an Deck zu sitzen. Tamara und Che machten davon Gebrauch.

„Wenn du morgen zurückfliegst, möchte ich am liebsten mitkommen", meinte Tamara. „Warum willst du die deutschen Genossen im Stich lassen?", fragte er zurück und fuhr fort: „Selbst wenn du mitkämst, würde uns zwar nicht der Ozean, sondern nur ein paar Straßenzüge in Habana von einander trennen. Das bedeutet aber nicht, dass wir uns deshalb häufiger sehen würden."

„Das ist es nicht allein, Ernesto. Du hast Recht, die deutschen Genossen hier wollen auch den Kommunismus. Aber ich vermisse den revolutionären Schwung, wie bei euch. Du bist nicht der erste Kubaner, dem ich begegne. Ich habe auch schon Filme gesehen, wie sich die Menschen engagieren. Bei uns hier, wenn ich an das Institut denke, wo ich arbeite.... . Revolution ja, aber bitte schön vom Schreibtisch aus im Schatten der Thermosflasche, die sie sich jeden Morgen von ihren Frauen wohl gefüllt mit Milchkaffee oder sonst etwas darin, mitbringen. Bei manchen unserer Genossinnen und Genossen weiß ich nur an Hand des Ansteckers am Jackett- oder Blusenkragen, dass sie dazugehören. Es gibt vier Sorten von Menschen: Kommunisten, Parteimitglieder, Parteilose und, lache nicht, parteilose Kommunisten."

„Ich weiß, Mädchen, in deinen Adern fließt das Blut Lateinamerikas. Die Deutschen sind anders. Denke daran, die Partei hier ist keine reine kommunistische Partei. Nach dem Krieg haben sie sich mit den Sozialdemokraten vereinigt. Was den von dir zitierten Unterschied zwischen Kommunisten und Parteimitgliedern betrifft, so wirst du nie verhindern können, dass manche nur ihres Vorteiles Willen in die Partei gehen. Solche findest du nicht nur in Berlin, sondern auch in Habana, Moskau, Paris und wo auch immer." Che bat Tamara, nichts zu überstürzen und sich Bedenkzeit einzuräumen. Darüber hinaus gab er ihr das Versprechen, ihren Wunsch nach Übersiedlung zu unterstützen und, wenn es denn so sein solle, ihr in Habana den Neuanfang zu erleichtern. Der Briefwechsel zwischen ihnen soll über die Botschaft laufen. Erstens spart sie Porto und zweitens bleibt der Briefwechsel in der Diplomatenpost weitestgehend von sicherheitsdienstlichen Erfassungen verschont.

IV. Der Entschluss

Der Alltag hatte sie wieder und der Staatsbesuch mit seinen Strapazen rückte langsam in die Ferne. Was blieb, war die Erinnerung an schöne Stunden. Trotzdem bleibt nicht viel Zeit fürs schwelgen, zumal Tamara nicht der Typ war, dafür ihre kostbare Zeit zu opfern. Jetzt, nach mehreren Wochen, hatte sie sich Zeit genommen, an ihn zu schreiben. Auch er hatte offensichtlich andere Probleme, sonst hätte sie die Botschaft informiert, wenn Post für sie angekommen wäre.
Eines Nachts klingelte ihr Telefon. Die Uhr zeigte drei Uhr morgens. Verschlafen griff sie zum Hörer. Die Vermittlung bat sie zu warten. Ein Gespräch aus Übersee lag in der Leitung für sie bereit. Tamara war plötzlich hellwach. „Übersee, dass kann nur Che sein", dachte sie. Ihre Hoffnung wurde erfüllt, als eine bekannte Stimme sie in spanisch begrüßte. Trotz ihrer Freude über

den Anruf sparte sie nicht mit dem Vorwurf, dass man auch eine überzeugte Atheistin nicht zu so unchristlicher Zeit aus dem Schlaf holt. Che entschuldigte sich mit dem Hinweis, sich verrechnet zu haben, indem er annahm, es sei in Europa erst Mittag statt früh am Morgen. Wegen der angespannten außenpolitischen Lage herrschte fast permanenter Stress, so dass an Schreiben gar nicht zu denken ist. Tamara teilte ihm mit, dass die Ereignisse auf der Insel auch hier zu Lande außenpolitisches Tagesgespräch Nummer Eins sind. Im Telefon hörte sie, wie am anderen Ende der Leitung noch ein zweiter Apparat klingelte. Che verabschiedete sich rasch mit allen guten Wünschen und dem Versprechen, sich wieder zu melden.

„Genosse Hofmann, die Genossin Hauptmann von der Staatssicherheit möchte Sie sprechen. Ich stelle durch." Der Parteisekretär wurde zu einer Aussprache in die Kreisdienststelle zitiert. Der Besuch war auf quasi sofort, in einer Stunde terminisiert. Obwohl man ihm am Telefon nichts über den Inhalt des bevorstehenden Gespräches gesagt hatte, ahnte er, dass es um den Einsatz der Genossin Bunke beim Staatsbesuch von Fidel Castro vor wenigen Wochen ging. Trotz aller Geheimhaltung oder besser gesagt, Geheimniskrämerei hatte die Gerüchteküche vermeldet, dass amouröse Aktivitäten Tamaras den Staatsbesuch überschattet hatten. Was auch immer vorgefallen war, die Dame von der Stasi wird es ihm ja gleich berichten, wird aus einer Mücke einen Elefanten machen. Für ihn bedeutet das wieder Auswertungen, Berichte und Streitereien, als ob es nichts Wichtigeres gäbe.

In der Kreisdienststelle erwarteten ihn die Genossin Elsner und zwei weitere Herren. Wie befürchtet, bewahrheiteten sich die Gerüchte und Hofmann erfuhr aus offiziellem Mund, dass Tamara wahrscheinlich intime Kontakte zu Ernest Guevara während des Staatsbesuches aufgenommen und damit gegen die Vorschriften in eklatanter Weise verstoßen habe. Aus Sicht der Staatssicherheit gäbe es vorerst nur Indizien. Eine Befragung Tamaras hat nicht stattgefunden, da sie sich ansonsten tadelsfrei bewegt habe. „Ärgerlich ist nur, dass vorgesehen war, die Bunke als IM zu gewinnen. Das ist unter den gegebenen Umständen nicht mehr möglich." Mit diesen Worten ließ die Elsner „die Katze aus dem Sack", dachte der Parteisekretär und bedankte sich für die gegebenen Informationen. Außerdem wurde ihm mitgeteilt, dass ein Einsatz der Bunke in diesen Bereichen nicht mehr erfolgen wird.

Obwohl Hofmann mit Tamara bisher wenig persönliche Kontakte hatte, gefiel ihm die junge Frau. Wenn er auf seine „innere Stimme" hört, konnte er nicht behaupten, ihr deshalb böse zu sein. Die Genossin war unverheiratet, also kann man ihr nicht vorwerfen, sich zu verlieben. (Eigentlich kann man das auch keinem/r Verheirateten zum Vorwurf machen.) Eine an sich positive Lebenserscheinung am falschen Ort wurde zum Politikum. Das bringt zusätzlichen Ärger und Aufregung für beide. So direkt sagte er es ihr auch, als er Tamara zu sich bestellt hatte. Er empfand es erfreulich, dass sich die junge Genossin zu ihrer Liebe bekannte. Bei Tamaras Ankündigung, nach Kuba zu reisen, verschlug es ihm doch erst einmal die Sprache und er konterte etwas unüberlegt: „Ob du fahren darfst, entscheiden andere. Ins Ausland lassen wir nur, wer sich tadellos geführt hat und das trifft auf dich nicht zu. Deine Beziehungen zum Genossen Guevara in allen Ehren aber bei einem Staatsbesuch ist das politisch nicht opportun."

„Ich verlange keine Sonderbehandlung, Genosse Hofmann und werde, wie jeder andere, bei der Volkspolizei einen entsprechenden Antrag einreichen. Kann ich jetzt gehen?" Ohne eine Antwort abzuwarten, stand sie auf und verabschiedete sich.

Geduldig reihte sich Tamara in die Schlange der Wartenden ein. „Anträge für A bis D, Zimmer 2", hatte ihr der ältere VP-Obermeister in der Pförtnerloge gesagt, nachdem sie ihm ihren Namen genannt hatte. Nun wurde „der Nächste bitte" aufgerufen und Frau Bunke betrat das Bürozimmer. „Wie bei Tucholsky", dachte sie für sich und kam zu dem Schluss: „Der Beamte sitzt hinter dem Schalter und der Bürger stand davor. Daran hatte sich hier zu Lande trotz Krieg und Revolution seit der Kaiserzeit nichts geändert. Tucholskys Feststellung lag immerhin auch schon über dreißig Jahre zurück."

„Haben Sie ihre Passbilder mit?", wurde sie von einer höflichen Frauenstimme gefragt. Wortlos reichte sie das Zellophantütchen mit den Bildern herüber. Beim Lesen ihres Antrages stutzte die Volkspolizistin dann doch. Reisen nach Ungarn, Bulgarien, Passanträge für Reisen in die Bundesrepublik waren alltäglich. Kuba, überhaupt außereuropäische Staaten, hatte sie bisher noch nicht bei ihren Antragstellern vorgefunden. Mit einem „Sie hören von uns", verabschiedete sie Tamara und rief den nächsten herein.

Das Leben ging, wie man so sagt, seinen Gang. Wolfgang nahm sich ihrer an und Tamara war ganz froh darüber. Nach den Turbulenzen des Betreuerdaseins während des Staatsbesuches empfand sie die Arbeit im Institut beinahe etwas zu gleichförmig. Sie fühlte sich trotz Arbeit und den gesellschaftlichen Verpflichtungen nicht ganz ausgelastet. So tat es gut, die aufkommende Leere mit Wolfgang aufzufüllen. Ihren Urlaub hatte sie auch noch vor sich und so fuhren sie gemeinsam mit seinem WARTBURG quer durch den Süden der Republik. Ein paar Tage im Harz, je vier Tage in Thüringen und im Vogtland und schon war diese gemeinsame Zeit wieder vorüber. Nach einem anschließenden Kurzbesuch bei den Eltern in Eisenhüttenstadt waren ihre Urlaubstage restlos aufgebraucht.

Mutter erkundigte sich nach der Arbeit und ihrem Privatleben. „Schmal siehst du aus, Mädchen", stellte sie sorgenvoll fest. Tamara erzählte den Eltern von den Reiseabsichten nach Kuba, ohne die Beziehungen zu Che besonders zu erwähnen. Ihre Eltern erfuhren lediglich, dass sie mit seiner Betreuung während des Staatsbesuches betraut war und dass er ein wunderbarer Mensch und Revolutionär sei. Mutter und Vater zeigten sich bedenklich zu dieser Absicht, nach Lateinamerika zurückzukehren.

„Glaubt ihr wirklich, hier in d a s Deutschland zurückgekehrt zu sein, für das ihr gekämpft habt und weshalb emigrieren musstet?" Tamara sprach über ihre Beobachtungen, die sie in diesem deutschen Staat machen konnte und kam gegenüber den Eltern zu ähnlichen Schlussfolgerungen, wie auf der abendlichen Dampferfahrt. Außerdem erinnerte sie sich daran, dass ihre Wiege in Lateinamerika und nicht in Deutschland stand. Der Vater nickte wohlwollend und machte ihr ein Kompliment ob der guten politischen Beobachtungsgabe. „Diese Republik ist nur ein Teil Deutschlands. Unsere politischen Möglichkeiten sind durch die Teilung und die Niederlage im Krieg erheblich eingeschränkt." Er erwähnte als Beispiel die Sowjetunion, die dagegen ganz andere Voraussetzungen hat und diese politisch und wirtschaftlich zu nutzen versteht. Die Eltern diskutierten an diesem Abend noch lange mit ihr, ohne sie letztlich von ihrem Vorhaben abbringen zu können. Nach Berlin zurückgekehrt schrieb Tamara an Che, dass ihr Entschluss feststeht, nach Kuba kommen zu wollen.

Seit ihrem Antrag waren mehrere Wochen ins Land gegangen. Da wurde sie erneut zur Parteileitung bestellt. Diesmal war es kein „Vier-Augen-Gespräch" zwischen Hofmann und ihr. Die Parteileitung war von der Staatssicherheit vom Ausreiseantrag nach Kuba informiert worden und hatte den Befehl erhalten, Tamara zur Abkehr von ihrer Reise zu bewegen. Zur Befehlsausführung hatte sich der Parteisekretär noch weitere Mitglieder seiner Parteileitung zu Hilfe geholt, in der Absicht, die junge Genossin durch ein Kreuzverhör entsprechend einschüchtern zu können. Man warf Tamara fahnenflüchtiges Verhalten vor und forderte sie auf, den Antrag bei der Volkspolizei zurückzuziehen. Ihr Hinweis, dass sie mit der deutsch-preußischen Mentalität nicht glücklich werde, wurde mit dem Hinweis vom Tisch gewischt, dass ein richtiger Internationalist überall die Revolution zu verteidigen habe. In ihrer Gegenrede verwies sie auf die wesentlich größeren Probleme in Kuba und auf die latente Kriegsgefahr, in der das Land schwebt. Die Parteileitung nahm das zwar zur Kenntnis, reagierte jedoch befremdet darüber, dass Tamara nicht bereit war, den einmal gefassten Entschluss zu überdenken, geschweige denn, zurückzunehmen. Am nächsten Tag ging sie zur kubanischen Botschaft. Am Eingang wurde ihr gleich bedeutet, dass noch keine Post da sei. Der Botschaftssekretär empfing sie trotzdem herzlich und zeigte sich besorgt von der Entwicklung, die Tamaras Wunsch, Kuba zu besuchen, hierzulande nimmt. „Ein Einreisevisa bekommst du selbstverständlich. Im übrigen weißt du, dass du von Geburt an auch die argentinische Staatsbürgerschaft besitzt? Du bist schließlich in Buenos Aires geboren. Leider weiß ich nicht, wer in der Deutschen Demokratischen Republik die Interessen Argentiniens vertritt, da keine direkten diplomatischen Beziehungen bestehen. Aber du willst ja zu uns und nicht nach Argentinien, also werden wir mit den Behörden hier reden müssen." Nachdem Tamara gegangen war, informierte er den Botschafter und rief mit dessen Einverständnis Guevara an. Fast zeitgleich, während das Telefonat über den großen Teich lief, informierte der Parteisekretär die Staatssicherheit von dem vergeblichen Bemühen, Tamara umzustimmen.

Tamaras Abteilung hatte den Auftrag erhalten, die Patenschaft über eine Schulklasse zu übernehmen. Weil wieder einmal niemand Zeit hatte, erklärte sich Tamara persönlich bereit, den Kontakt zur Klasse 6 b aufzunehmen. Da ihre Schulzeit noch nicht allzu lange zurück lag, war sie mit den Gepflogenheiten eines Pioniernachmittages vertraut. Überrascht war sie, beim Besuch in der Schule auf Frau Schmitt, ihre ehemalige Klassenlehrerin, zu treffen. Man tauschte Erinnerungen aus und die Lehrerin, von Natur aus immer interessiert, was aus ehemaligen SchülernInnen geworden ist, wollte es natürlich ganz genau wissen. Tamara beschränkte sich auf das Wesentlichste ihrer nachschulischen Biografie. Ledig, kinderlos und jetzt als Vertreterin ihrer Abteilung im Institut für die Patenarbeit an der Schule zuständig. Sie verlor kein Wort über ihre Betreuungstätigkeit während des kubanischen Staatsbesuches. Frau Schmitt schien sie demnach nicht erkannt zu haben oder hatte in der Zeit das Westfernsehen eingeschaltet. Es lag Tamara fern, sich nachträglich ins Rampenlicht zu rücken und ihre Rolle bei diesem Ereignis eitel hervorzuheben. Frau Schmitt dagegen freute sich über die „Verstärkung" bei der Freizeitbetreuung der Klasse. Angesagt war ein Theaterbesuch. „Die Schatzinsel" von Robert L. Stevenson stand auf dem Spielplan. Aufmerksam verfolgten die Kinder den tapferen Schiffsjungen Jim im Kampf gegen die Seeräuber, die das Schiff und den Schatz in ihre Gewalt bringen wollten. Mal war Jim unfreiwilliger Spion, als er in der Apfeltonne sitzend, den Schiffskoch belauschte, als dieser vor zwei Kumpanen seinen Plan äußerte. Dann selbsternannter Aufklärer, als er mit den Seeräubern auf die Insel fuhr und auf Ben Gun traf, der den Schatz mittlerweile sichergestellt hatte. Bei seinem letzten großen Streich riss es das jugendliche Publikum von den Sitzen, als er das Schiff in seine Gewalt brachte und den Bootsmann erschoss. Aufgescheucht und wie ein Bienenschwarm vor dem Gewitter verließen die Kinder das Theater. Auch in der Straßenbahn blieb es nicht aus, dass das Geschehen noch einmal heftig diskutiert wurde. Auf die Frage eines Jungen, was sie denn mit dem Schatz gemacht hätte und wie viel das Gold und die Edelsteine heute Wert seien, antwortete Tamara: „Der Wert der Goldmünzen und Schmuckstücke ist in erster Linie ein kulturhistorischer Wert. Heute würde man den Schatz in einem nationalen Museum ausstellen oder der Staatsbank zur Bewahrung übergeben. Außerdem ist ja in dem Stück nie gesagt worden, wie viel denn wirklich von Jim und seinen Leuten gefunden wurde. So etwas zu schätzen ist für einen Laien, der ich nun einmal auf diesem Gebiet bin, sehr schwer." Frau Schmitt, der die Unterhaltung nicht verborgen blieb, schaltete sich, nach dem sie erst aufmerksam zugehört hatte, ein und fragte einen ihrer Schüler lauernd: „Was hättest du denn an Jims Stelle getan? Den Schatz behalten oder ihn, wie Frau Bunke, abgegeben?" „Na wie Jim, mit meinen Freunden geteilt", kam prompt die Antwort des Dreizehnjährigen. Tamara und die Lehrerin hatten sich von den Jungen und Mädchen der 6 b verabschiedet und waren allein. Frau Schmitt beklagte sich über die Einstellung der Klasse. Nicht das kollektive Handeln der Crew und der Sieg über die deklassierten Elemente (gemeint sind die Piraten) steht im Vordergrund der Gedankenwelt der SchülerInnen, sondern Besitz und Reichtum und der Wert des Schatzes. Das wäre bürgerliches Gedankengut und nicht das, was man von Schülern einer sozialistischen Schule erwartet. Mit dieser etwas abstrus wirkenden Auswertung des Theaterbesuches seitens der Lehrerin verband diese die Forderung, sie bei ihrer Einflussnahme, im angedeuteten Sinne, auf die Klasse zu unterstützen. „Waren die Piraten nicht auch ein Kollektiv?" Diese Frage lag Tamara als Entgegnung auf der Zunge. Aber etwas hielt sie zurück, diese Frage ihrer ehemaligen Klassenlehrerin so zu stellen. „War die Schmitt alt geworden?", dachte Tamara als sie sich voneinander verabschiedeten oder ist ihr dieser Wesenszug an ihr als vierzehnjährige Schülerin nicht aufgefallen?

„Selbstverständlich soll die Lehrerin die Kinder im Geist des Humanismus und des Sozialismus erziehen. Aber doch nicht mit hinterhältigen Fragestellungen inquisitorisch das Gedankengut derselben ausspionieren, um diese dann zu entlarven. Verbrecher sind zu entlarven aber Kinder sind zu erziehen." Während ihr noch diese Gedanken durch den Kopf gingen, war sie zu Hause angekommen. Beim nächsten Pioniernachmittag nahm sie sich vor, Frau Schmitt unter vier Augen dazu ihre Meinung zu sagen.

Der Brief, den sie aus dem Briefkasten fischte, trug den roten automatischen Stempelaufdruck, wie er amtlichen Schreiben eigen ist. Neben dem rechteckigen Feld mit der Gebührenangabe prangte ein Polizeistern. Darin teilte man Herrn/Frau/ Fräulein (nicht zutreffendes bitte streichen) Bunke, Tamara mit, dass ihrem Antrag einer Reise nach Kuba, verbunden mit der Ausstellung eines Reisepasses nicht stattgegeben wird. Eine Begründung dazu fehlte, wie immer, bei solchen Anlässen. Die Karte mit der Ablehnung legte sie erst einmal zur Seite und wollte auf eine Antwort von Che warten, ehe sie erneut die Botschaft aufzusuchen gedenkt. Inzwischen hatte sich die innenpolitische Situation auf Kuba beruhigt und außenpolitisch war das Thema über die Inselrepublik in der Berichterstattung hierzu Lande auf die hinteren Ränge verdrängt worden. Das waren die Tage, als eines Abends erneut das Telefon klingelt und ihr „das Mädchen vom Amt" eine Verbindung aus Übersee ankündigte. Nachdem sich beide begrüsst hatten, machte Tamara ihrem Gesprächspartner ein Kompliment darüber, eine bessere Tageszeit ausgewählt zu haben. Sie gratulierte zum politischen Sieg und teilte ihm die ergangene Absage mit. Guevara schwieg einen Augenblick, ehe er antwortete: „Ich sehe, Mädchen, wie sich die Wolken über dir zusammenziehen. Ich muss also Sonne spielen. Du hast mich überzeugt, dass du zu uns gehörst. Gehe übermorgen in die Botschaft und lege die Ablehnung vor." Tamara glaubte, noch so viel sagen zu müssen. Ihr fiel aber nicht mehr viel Sagenswertes ein und beide beendeten das Gespräch nach knapp vier Minuten.

Vor dem Leiter des Volkspolizei Kreisamtes lagen fein säuberlich aufgeklebt die Streifen eines Fernschreibens des Polizeipräsidenten von Berlin.
++betrifft passantrag bunke, tamara, geb. am 19.11.37++
+der antrag auf erteilung einer ausreise aus der ddr und die ausstellung eines reisepasses ist zu veranlassen+ die ausreise hat binnen von drei wochen zu erfolgen++

Noch am selben Tag bestellte die Personalabteilung des Institutes Tamara zu sich und teilte ihr mit, sie könne auf dem VP-Präsidium am Alexanderplatz ihre Reisepapiere abholen. Einen Aufhebungsvertrag hatte man auch schon unterschriftsreif vorbereitet... .

Die Zeit des Abschiednehmens war gekommen. Nein, davonlaufen war nicht ihr Stil. Sie hatte nichts zu bereuen und stand zu ihrem Entschluss. Die automatische Kündigung und die Festsetzung des Abreisetermines durch die deutschen Behörden hatte sie trotzdem etwas irritiert. Von ihrer Patenklasse und ihrer ehemaligen Lehrerin gedachte sie sich ebenfalls zu verabschieden. Leider hatte man es im Institut bisher nicht fertig gebracht, einen NachfolgerIn für die Patenarbeit zu gewinnen. Sie wollte bei ihrem letzten Besuch in der Klasse den oder die Neue vorstellen. „Das klären wir, wenn du weg bist", bekam sie zur Antwort.

Im Gespräch mit ihrer Lehrerin kam Tamara noch einmal auf den Theaterbesuch und die anschließende Diskussion mit den Kindern zu sprechen. „Was glauben Sie, Frau Schmitt, wie wir als Kinder reagiert hätten?", fragte Tamara und griff so noch eimal das leidige Thema über kollektives Handeln und kleinbürgerliches Denken auf. Die Frage, die sie seiner Zeit bewusst nicht gestellt hatte, traute sie sich heute, bei ihrem letzten Besuch, zu: „Sind Piraten ein Kollektiv?" Woher nahm sie plötzlich den Mut? War es die Gewissheit, dass ihre Tage hier gezählt sind und dass man sich in so einer Situation manches leistet, was man sonst lieber unterlassen hätte?

„Ich hoffe nicht, dass du diese Frage den Kindern stellen willst", erwiderte die Lehrerin. Die Frage, wie die Klasse auf die Inszenierung der Schatzinsel reagiert hätte, vermied sie zu beantworten. Statt dessen warf die Schmitt ihr giftig-drohende Blicke zu, was Tamara veranlasste, darauf hinzuweisen, dass sie nicht mehr ihre Schülerin und es gewöhnt sei, offen und ehrlich mit allen Menschen zu diskutieren.

„Offensichtlich", stellte Tamara fest, „sind diese Eigenschaften in den Schulen der DDR weitest gehend verloren gegangen. Nachplappern von politischen Phrasen und ideologischen Allgemeinplätzen rangiert vor ehrlichen Auseinandersetzungen."

Beide Frauen spürten plötzlich die Kluft zwischen ihren Ansichten. Im Interesse der Patenklasse verzichteten sie darauf, ihr Duell eskalieren zu lassen und wandten sich dem heutigen Thema zu. Für den bevorstehenden 1. Mai sind

Kampflieder einzuüben. Neben Kinder- und Jugendliedern, wie *„Heut ist ein wunderschöner Tag..."*, das ursprünglich ein Auftragswerk für die Hitler-Jugend war, standen Arbeiter- und Kampflieder auf dem Übungsprogramm. Zu diesem Zweck hatte Frau Schmitt den schuleigenen Plattenspieler hervorgeholt und entsprechende Schallplatten aufgelegt. Während bei den Kinderliedern in erster Linie Chorgesang überwog, wurden die Kampflieder häufig von Solostimmen interpretiert.

Ein kurzer Trommelwirbel. Dann sang ein Mann, sprechend, ähnlich einem Chanson: *„Spa-niens Him-mel brei-tet sei-ne Ster-ne – über un-sre Schüt-zen-grä-ben aus..."* Die Unruhe in der Klasse legte sich und die Pioniere hörten aufmerksam zu. Auch Tamara hatte so dieses Lied noch nicht gehört. Sie verstand jedes Wort, obwohl sie bei Gesang und schnell gesprochenem Text nach wie vor Verständigungsschwierigkeiten hatte. Selbst das Bühnen-R war deutlich zu hören. Verstohlen griff sie zur Plattentasche und las den Namen des Sängers – Ernst Busch. Als Schauspieler hatte sie ihn bereits auf der Bühne gesehen. Dieser Mann wusste, wovon er sang. Er hatte den Bürgerkrieg in Spanien mit erlebt und das „Dritte Reich", Dank einflussreicher Freunde und Kollegen, überlebt. Als das Lied mit dem Refrain *„Wir käm-pfen und sie-gen für dich – Frei-heit"* endete, schwiegen alle. F r e i h e i t , da war es wieder, dieses bedeutungsvolle Wort. Wurde es auch gelebt? Die Lehrerin wollte gerade den Plattenspieler schließen, um mit dem Proben fortzufahren, als ein Junge nach den geschichtlichen Hintergründen des eben gehörten Kampfliedes fragte. Von welchem Krieg denn die Rede sei, wollte er wissen. (Den Spanischen Bürgerkrieg von 1936 bis

1939 hatte die Klasse im Geschichtsunterricht noch nicht behandelt.) Ein Mädchen fragte, ob denn damit die Geusen gemeint seien? Frau Schmitt wollte abblocken und auf den Geschichtsunterricht in einem höheren Schuljahr verweisen, als Tamara einlenkte und auf den berechtigten Wunsch der Pioniere nach inhaltlicher Aufklärung des Gehörten bestand. Es war an Tamara, den Jungen und Mädchen ihrer Patenklasse die historischen Hintergründe zu erläutern. Sie tat das aus ihrem kommunistischen Geschichtsverständnis heraus und merkte, dass Frau Schmitt mit ihrer Darstellung der Ereignisse einverstanden war. Sorgenvolle Falten machten sich in jenem Moment auf der Schmittschen Stirn breit, als nach dem Schlusswort im Lied gefragt wurde. „Wie ist denn das mit der Freiheit gemeint?", wollten einige wissen. „Die Klasse schaut zu viel Westfernsehen", flüsterte die Schmitt ihr zu. Doch mit dieser sarkastischen Bemerkung war die Frage noch nicht beantwortet. In dem Moment klingelte es. „Ich denke, wir machen für heute Schluss und üben das nächste Mal weiter", rief die Lehrerin in die Klasse und fragte laut: „Seit ihr damit einverstanden?" Ein mehrstimmiges, erfreutes „Ja" war die Antwort.

„Seht ihr, das ist die Freiheit, die ich meine", schickte die Schmitt ihrer Klasse hinter her. Die Hintergründigkeit dieser Bemerkung hatte keins der davon rennenden Kinder verstanden. Tamara bedankte sich bei ihrer Lehrerin für den schönen Schallplattennachmittag, der wahrscheinlich ihr letzter in Deutschland gewesen ist. Trotz ihrer Meinungsverschiedenheiten umarmten sich die beiden Frauen und die Lehrerin gab ihr ein „Pass auf dich auf, Mädchen!", mit auf den Weg.

V. Abschied

„Komm rein, mach dir es bequem!, rief Tamara dem Besucher zu, nachdem sie Wolfgang an der Wohnungstür ausgemacht hatte. Ohne sich weiter um ihren Besucher zu kümmern, verschwand sie im Nebenzimmer. Wolfgang Mertens kannte sich in der Wohnung aus und ließ sich im Wohnzimmer nieder, bis sich Tamara Zeit für ihn nimmt. „Machst du uns einen Kaffee?", rief er zu ihr herüber. „Ja gleich." Tamara war beim Packen. Ihre Abreise stand unmittelbar bevor. Auf dem Schreibtisch fand Wolfgang die notwendigen Utensilien und Dokumente vor, die bei einer größeren Auslandsreise unerlässlich sind. Interessiert griff er nach dem dunkelblauen Büchlein in Postkartengröße. „REISEPASS der Deutschen Demokratischen Republik" stand darauf. Interessiert begann er darin zu blättern. Es war das erste Mal, dass er einen solchen sah. Woher sollte er auch einen Reisepass kennen? DDR-Bürger durften nicht verreisen, deshalb brauchen sie auch keine Pässe. Die wenigen Staaten des Ostblocks, in die Reisen erlaubt waren, begnügten sich mit einem rosa Zettel, den der Berliner Polizeipräsident abstempelte (für 25 Mark bitte!). Zusammen mit dem Personalausweis öffneten sich mit diesem Dokument die Schlagbäume für die Urlaubsreise in die östlichen Nachbarländer. Tamara schaute ernst aus ihrem Passbild hervor, als wolle sie sein Verständnis erbitten, dass sie jetzt von ihm fortgeht. Ein gestempelter Polizeistern verpresste ihr Foto mit dem Ausweisblatt. Er blätterte weiter. Nach den üblichen Angaben zur Person und den Ausstellungsvermerken stieß er auf einen größeren rechteckigen Stempel, der fast eine halbe Seite einnahm. Unter diesem Stempel zwei bunte Gebührenmarken, die durch einen kleineren Stempel, ebenfalls mit Polizeistern, sorgfältig entwertet waren. „Fast wie in einem Briefmarkenalbum", dachte Doktor Mertens. Der Stempel stellte das Ausreisevisum dar und genehmigte dem Passinhaber die Reise in alle Länder. Auf der gegenüberliegenden Seite ein etwas bescheidenerer Stempelabdruck in spanischer Sprache. Das Einreisevisum für Kuba.

Tamara kam mit dem Kaffee. Auf ihren Pass zeigend meinte Wolfgang: „Jetzt kannst du nach Paris und London fahren oder in Mailand Einkaufen gehen." Während sie ihren Kaffee umrührte erwiderte sie: „Ich will weder in Paris spazieren gehen, auch nicht den Tower in London besuchen, sondern nach Habana zu Che Guevara fliegen." (Dass sie eines Tages im Auftrag Kubas auf dem Kurfürstendamm und anderen westlichen Großstädten weilen wird, konnte sie zu dem Zeitpunkt noch nicht ahnen.)

„Wann wirst du wiederkommen?", fragte er. „Wenn die Revolution in Lateinamerika gesiegt hat", meinte sie lächelnd. Wolfgang war plötzlich klar, dass dieser Nachmittag ein Abschied für immer sein wird. Mehr um von seinen trüben Gedanken abzulenken, forschte er weiter in den Reisedokumenten. Zwei Flugscheine in deutsch und englisch abgefasst, stießen nur auf geringes Interesse. Das Häufchen Geldscheine fand eher seine Aufmerksamkeit. Kubanische Pesos und fünfzig US-Dollar vervollständigten Tamaras Reisekasse. Da kam ihm eine Idee. Werner griff nach seinem Portemonnaie und fand ein neues, gelb glänzendes Zwanzig-Pfennig-Stück, das er zu ihrem Reisegeld legte. „Ein Souvenir von mir." Tamara nahm die Münze zur Hand und stellte bewundernd fest: „Die Münze ist ja ganz neu! Ja

Wolfgang, das ist eine schöne Erinnerung an dich und Deutschland." Nach ein paar belanglosen Bemerkungen und den Wünschen auf einen guten Tag verabschiedete er sich von ihr. Wolfgang hatte bemerkt, dass ihre Bemühungen, nach Kuba zu reisen, nicht ausschließlich politisch motiviert waren. Seit diesen Tagen war ihre Beziehung zueinander auf freundschaftlicher Basis eingefroren.

Doktor Mertens stieg in seinen WARTBURG, legte eine Gedenkminute ein und ließ den Abschnitt seines Lebens mit Tamara noch einmal Revue passieren. Dabei stellte er das Autoradio an. Der Sender Freies Berlin wusste zu vermelden, dass die DDR-Regierung zunehmend Schwierigkeiten hat, die Bevölkerung ausreichend mit Industriewaren und Textilien zu versorgen und bemüht ist, die Mangelware vorzugsweise in den Großstädten anzubieten. Als er das hörte, konnte er sich einen sarkastischen Lacher nicht verkneifen. Da oben in der Wohnung packt eine junge Frau ihre Koffer, um die Weltrevolution zu vollenden und hier unten erfährt er aus dem Radio, dass der erste selbst ernannte sozialistische Staat auf deutschem Boden nicht in der Lage ist, den Bedarf an Zahnbürsten, Senf und anderen Alltäglichkeiten sicherzustellen. Verärgert drehte er den Zündschlüssel im Schloss und startete mit nicht ganz vorschriftsmäßiger Geschwindigkeit.

Nachdem Tamara das Kalenderblatt abgerissen hat, leuchtete ihr der neue Tag mit einer roten Acht entgegen; die rote Schrift, das Zeichen für Sonn- und Feiertage. Der achte Mai war Feiertag. *Tag der Befreiung* stand klein gedruckt zur Erklärung darunter. An diesem Tag war es üblich, dass Abordnungen der Betriebe im Treptower Park marschieren und einen Kranz oder Blumengebinde am sowjetischen Ehrenmal niederlegten. Sie hatte mehrmals zur Delegation ihres Institutes gehört. Beliebt war die Kundgebung nicht. Unter den Kollegen wurde die erforderliche Teilnehmerzahl ausgeknobelt. Jeder hoffte, das abgebrochene Streichholz, nicht zu ziehen. Tamara hatte sich an diesem, für ihr Verständnis, unwürdigen Verfahren nicht beteiligt. Sie begriff nicht, dass die Dankbarkeit gegenüber der Sowjetunion auf dem Verordnungswege manifestiert werden musste.

In der Nacht hatte sie von eben diesem Ehrenmal geträumt. Es unterschied sich von den zahlreichen Denkmälern und Ehrentafeln, die nach dem Krieg in Städten und Dörfern errichtet wurden. Auch das andere, im Berliner Stadtteil Tiergarten, kannte sie. Der Sockel des Treptower Ehrenmals war als kleine Halle ausgebaut.

Der Soldat barhäuptig stehend, mit untypisch vollem Haar, hielt ein Kind, ein Mädchen auf seinem Arm. In der rechten Hand keine zeitgemäße Waffe, sondern ein Schwert. Der Kampf war zu Ende, der Kämpfer hatte das Schwert gesenkt. Neben seinen Füßen lag, von dem Schwert zerschlagen, das Hakenkreuz - Symbol der untergegangenen Epoche. Das Mädchen und der Soldat schauten in ein und dieselbe Richtung. Wohin schauten die beiden? Das Standbild machte sie nachdenklich und sie verglich es mit der Sixtinischen Madonna, die sie in Dresden gesehen hatte. Auf dem Bild Raffaels aus dem fünfzehnten Jahrhundert trug eine junge Mutter ihren neugeborenen Sohn. Der Soldat des Bildhauers Wutschetitsch   hatte ein Mädchen auf dem Arm. Das Kind und der Soldat waren Zeitgenossen des zwanzigsten Jahrhunderts, Menschen wie sie. Der Soldat hätte ihr großer Bruder sein, wenn er noch lebte, oder ihr Mann werden können.

Tamara träumte, dass ihre Milizeinheit von den angelandeten Truppen der Konterrevolutionäre überrollt worden war. Während sie und einige Genossen bis zu den Hüften im Sumpf steckten, kam der Befehl, sich auf das Denkmal zurückzuziehen. Wenige Meter hinter dem Strand, am Rande des Sumpfes erblickte sie eben dieses Ehrenmahl. Als sie hinter dem Sockel in Deckung gehen wollten, erschienen endlich die Kampfflugzeuge am Himmel, um den stark bedrängten Milizionären zu helfen. Nach wenigen Minuten war alles vorbei. Die Angreifer räumten das Ufer und flohen auf ihre Schiffe. Tamara betrat das Innere des Denkmals. Dort hatte man in offenen Särgen die Gefallenen aufgebahrt, zu denen auch Che Guevara gehörte. Sie beugte sich zu ihm nieder und wollte ihm einen Kuss zum Abschied geben. Einer von den Wachen hielt sie an den Schultern fest und hinderte sie daran. Tamara wachte auf. Statt eines Milizionärs stand ihre Mutter am Bett und rüttelte sie behutsam an den Schultern: „Tamara, es ist um Neun. Du wolltest aufstehen." Tamara bedankte sich schlaftrunken. Langsam stand sie auf und ging zum Abreißkalender... .

Am Tag zuvor war Tamara zu ihren Eltern gefahren, um sich von ihnen zu verabschieden. Wer weiß, wann sie ihre Eltern wieder sehen wird. Sie frühstückten schweigend. Es war alles gesagt. Die elterliche Ablehnung war der Einsicht gewichen, dass ihre Tochter so handeln muss. Die Zuversicht hatte die Trauer über den zu erwartenden Weggang verdrängt. Ihr Vater pfiff sogar vergnüglich die Kindermelodie

Hän´schen klein, ging allein,
in die weite Welt hinein...

101

„Als das Lied entstand, waren es die Männer, die fort gingen, um die Welt zu entdecken. Heute bleiben auch die jungen Frauen nicht mehr zu Hause", meinte Tamaras Mutter in einer Mischung aus Stolz und Wehmut. „Ich bin doch nicht aus der Welt", entgegnete ihr die Tochter tröstend und fuhr fort: „Während ihr noch vor Jahren mit dem Schiff mehrere Tage von Amerika nach Europa unterwegs wart, ist das mit dem Flugzeug ein Tagesausflug von hier nach Kuba. Außerdem, Post und Telefon funktionieren heute auch schon besser als vor Jahren. Wie oft man sich sieht, hängt nicht ausschließlich von der Entfernung, sondern auch vom Wollen und Willen aller ab."

VI. In Kuba und Europa

Die Zuckerrohrernte war im vollen Gange. Wie in allen planwirtschaftlich geführten Ländern, war es auch in Kuba unerlässlich, während der Erntezeit Berufstätige, insbesondere solche aus nichtproduktiven Bereichen, wie Verwaltungsangestellte, Lehrer aber auch Soldaten, zur Erntehilfe heranzuziehen. Für Tamara war das selbstverständlich. Hatte sie doch auch in der DDR während der Erntzeit auf den Kartoffelfeldern mitgeholfen.
Es war Pause. Man hatte es sich im Schatten eines Traktors gemütlich gemacht. Da trat ein Mann aus der Gemeindeverwaltung zu dem Trüppchen und bat Tamara, mitzukommen. Dort eröffnete man ihr, dass sie sofort nach Habana zurückkehren soll und gab ihr eine Adresse. Als

sie den Zettel las, wusste sie, worum es sich handelte. Che hatte ihr bei einer Begegnung bereits angedeutet, dass er und führende Genossen sie gerne im Auslandseinsatz für Kuba sehen würden. Ihre Sprachkenntnisse, der mehrjährige Aufenthalt in Europa, all das prädestinierte sie für eine diplomatische und/oder Geheimdienstkarriere. Anfangs zeigte sie wenig Neigung für diese Tätigkeit. Ihre Ablehnung gipfelte in den Worten: "Wenn ein Mann als Aufklärer arbeitet kriecht er vielleicht unter einem Stacheldrahtzaun durch. Von Frauen verlangt man, dass sie in fremde Betten kriechen. Außerdem bin ich ein ziemlich geradliniger Typ und sage, was ich denke. Solche Eigenschaften sind aber bei dieser Tätigkeit nicht erwünscht."

Che beruhigte sie und erzählte ihr seinen Lebenslauf. Er, Arzt und Politiker. Auch für ihn ergibt sich damit eine völlig unterschiedliche Sicht auf den Menschen.

„Offenes und ehrliches Auftreten sind keineswegs für eine solche Tätigkeit abträglich. Gerade diese Eigenschaften sind es, die Menschen, Freund wie Feind, an einem schätzen. Und, dass man sein Herz nicht auf der Zunge trägt, hast du seit frühester Jugend bei deinen Eltern gelernt."

Konkretes konnte und wollte Che ihr nicht sagen, was man mit ihr vorhatte, zumal das nicht sein unmittelbares Ressort in der Regierung ist.

Der Zug, der sie nach Habana zurückbrachte, rollte an Zuckerrohrfeldern vorbei. Überall war die Ernte im Gange. Ein Trupp helfender Soldaten hatte seine Waffen zu einer Pyramide aufgestellt. Neues Bild: der Zug überquerte eine Brücke. Unten am Wasser standen Frauen mit ihrer Wäsche. Ein kleiner Bahnhof kam in Sicht und wieder Zuckerrohrfelder... . Es wurde bereits

103

dunkel, als sie in der Hauptstadt eintraf. Ein IKARUS–Bus, aus Ungarn importiert, brachte sie zu ihrer Wohnung. Er war noch ziemlich neu, denn es roch nach Kunststoff und Lack. Obwohl der Motor ziemlich laut war, schlief sie ein. Der Bus war gut gefedert und es klapperte (noch) nichts.

„Wir haben vor, dich nach Deutschland zurück zu schicken. Du wirst eine Argentinierin sein. Das bedeutet keine allzu große Umstellung für dich", meinte der junge Mann, bei dem sie sich melden musste. Er war nur wenige Jahre älter als sie und sah auch gar nicht wie ein Revolutionär aus. Kein Bart, keine gescheckte Kleidung, er kam daher, wie ein Bauer in seiner Freizeit, denn Hemd und Hose waren sauber und gebügelt. Sie besprachen Einzelheiten der Arbeit. Er nannte ihr Anlaufpunkte, Kontaktpersonen und andere wichtige Details, die bei einer solchen Arbeit über Erfolg und Misserfolg entscheiden. „Wenn alle Papiere fertig sind und auch der Anlaufpunkt steht, dann wirst du fliegen", meinte der Geheimdienstler und versprach ihr, dass es bis dahin noch ein Weilchen Zeit verbleibt und er sich mit ihr noch mehrmals treffen wird.

Das Flugzeug legte sich in eine leichte Kurve und sie sah den großen Fluss und die Weinberge. Sie hatten den Rhein, den „deutschesten aller Flüsse", wie ihr Nachbar emphatisch betonte, überflogen. Tamara war wieder in, besser über Deutschland. Als die Aufforderung aufleuchtete, sich anzuschnallen, wusste Tamara, jetzt fliegt sie über ihrer alten Heimat. Die Maschine ging zum Sinkflug über und unter ihnen lag das Häusermeer Berlins. BERLIN-TEMPELHOF las sie beim Ausrollen des Jets.

Die Stadt hatte sich verändert: Quer durch das Stadtzentrum war eine Mauer errichtet, die Tamara von dem Teil der Stadt trennte, der ihr so vertraut war. Mit ihren Papieren hätte sie jeder Zeit ihre alte Heimat, den Ostteil der Stadt, problemlos betreten dürfen. Aber ihr Auftrag ließ es ratsam erscheinen, von solchen Experimenten Abstand zu nehmen. In der Halle eines bescheidenen Hotels traf sie ihren Verbindungsmann. *Berliner Zeitung*, Seite Zwei aufgeschlagen und darauf ein Glas Fruchtsaft waren die Erkennungszeichen. Der Mann war Argentinier und sprach deutsch mit spanischem Akzent. Als erstes überbrachte er ihr Grüße aus der kubanischen Botschaft im Osten der Stadt. In der Botschaft wusste man von ihrem Einsatz jenseits der Mauer. Diese Mitteilung beruhigte sie. Wenn auch ihre Landsleute nicht unmittelbar helfen konnten, so wirkte doch dieses unsichtbare Band wie das Netz eines Trapezkünstlers. Beide nahmen im Foyer des Hotels Platz. Sie hatten eine freistehende, gut einsehbare Sitzgruppe ausgewählt und konnten somit jeden sehen, der sich ihnen nähert. Obwohl dieses Treffen konspirativ arrangiert war, hatten sie ihre Legende so gestrickt, dass ein gemeinsames Auftreten in der Öffentlichkeit möglich war. Lediglich der Inhalt ihres Gespräches war nicht für die Ohren Dritter bestimmt. Tamaras Gesprächspartner war Journalist einer namhaften spanischen Zeitung und sie war seine Mitarbeiterin. Einen entsprechenden Presseausweis und Akkreditierung hatte er ihr mitgebracht. Ihre tatsächliche Aufgabe war es, das Wirken kubanischer Emigrantenorganisationen in Europa festzustellen und deren eventuellen Kontakte zur NATO, sowie bestehende politische und militärische Kontakte zu erkunden. Die drei Schutzmächte Westberlins, allesamt NATO-

Mitglieder, sind geradezu ein ideales Zielobjekt für Agenten und Abwehrleute gleichermaßen.

„Du musst dir klar sein, dass wir hier in dieser geteilten Stadt massenweise Kollegen unserer Zunft antreffen werden, ohne sie kennen zu lernen", meinte ihr Partner etwas ironisch und machte sie damit gleich mit einigen Besonderheiten dieser Stadt bekannt.

Das Telefon schrillte. Sie blickte zur Uhr: drei Uhr, fünfzig Minuten. Im ersten Augenblick dachte sie, dass Che wieder die Zeit durcheinander gebracht hat. Am anderen Ende meldete sich ihr Verbindungsmann:

„Heute Nacht sind welche durch einen Tunnel unter der Mauer in den französischen Sektor geflohen. Der Stadtkommandant gibt dazu um zehn Uhr eine Erklärung ab. Ich fahre jetzt zu diesem Tunnel. Wir treffen uns auf der Pressekonferenz." Der Entdeckung des Tunnels war eine Schießerei vorausgegangen, bei der es Tote und Verletzte gegeben haben soll. Der Vorfall hatte sich kurz vor Mitternacht ereignet.

Zum Schlafen kam Tamara nicht mehr und stellte das Radio an. Dabei suchte sie auf der Skala einen DDR-Sender. Der *Berliner Rundfunk* sprach von einem ernsten Zwischenfall, bei dem ein Grenzposten durch Schüsse tödlich verletzt wurde. Der Name des Schützen wurde zwar nicht genannt, aber es handelte sich dabei offensichtlich um einen der Flüchtlinge, keinen Polizisten oder Soldaten. In einem kurzen Kommentar wurde von einem „feigen Mord" gesprochen.

Der Saal war voll. Vorn im Präsidium überwogen die Uniformen: Polizei und französisches Militär. Tamara hatte, um nicht aufzufallen, sich ebenfalls mit Block und Kugelschreiber bewaffnet und schrieb fleißig mit. Sie hatte so etwas lange nicht erlebt und ließ die Atmosphäre auf sich wirken. Die Pressekonferenz bestätigte im Wesentlichen, was Tamara bereits aus dem Radio von der anderen Seite gehört hatte, nur mit dem feinen Unterschied, dass der Grenzer im Rücken getroffen worden sei und die Kugel aus östlicher Richtung abgeschossen wurde. Erst nach vergeblicher Hilfeleistung durch Westberliner Polizisten wurde der Grenzer den DDR-Behörden übergeben. Für die anwesenden Journalisten gab es nun viele Fragen: Wer hat geschossen? Wollte der Grenzer auch in den Westen und wurde er deshalb von den eigenen Leuten erschossen? Fragen, auf deren Antwort sich die Behörden nur wenige Stunden nach dem Vorfall, nicht einließen. Mit dem Hinweis, dass unter den Flüchtlingen zwei Verletzte (außer Lebensgefahr) sind, wurde der Verdacht, dass der oder die Grenzer die alleinigen Schützen waren, erhärtet.

Nachdem Tamara die Pressekonferenz verlassen hatte, schlenderte sie langsam Richtung U-Bahn (ihr Kontaktmann hatte ihr eingeschärft, dass ein guter Patriot die von Ostberlin betriebene S-Bahn möglichst meidet). Plötzlich tauchte ein Mann vor ihr auf, blieb stehen, nahm seine Sonnenbrille ab: „Hallo Tamara, schön, dich wieder zu sehen!" Es war Wolfgang ihr ehemaliger Arbeitskollege und Freund. Am meisten störte sie die Anrede. Schließlich lauten ihre Papiere nicht auf Tamara Bunke. „Schön, ich freue mich auch", erwiderte sie und willigte in die angebotene Umarmung ein, um ihn nicht stutzig zu machen. Was macht er hier? Wie erkläre ich ihm mein Hiersein? Fragen, die rasch einer Antwort bedurften, ohne ihre Mission zu gefährden. Wolfgangs Vorschlag, einen Kaffee zu trinken, nahm sie dankend an. Erst mal weg aus der Öffentlichkeit. Das kleine Kaffee an der Ecke mit den fünf Tischchen war im Augenblick das beste Versteck. Während sie die vor ihr liegende Speise- und Getränkekarte hoch und runter las, überlegte sie sich ihr weiteres Vorgehen, ohne dass sie den Inhalt der Karte bewusst wahrgenommen hätte. Auch Wolfgang wusste nicht recht, wie er mit der unerwarteten Begegnung umgehen soll: „Also, um es kurz zu machen. Ich bin das, was man einen Republikflüchtling nennt. Du hast doch von dem Tunnel gehört, der letzte Nacht entdeckt wurde. Der Tunnel steht schon fast drei Wochen und ich hatte das Glück, davon zu erfahren. So, nun bin ich hier."

„Ich arbeite im Auftrag einer argentinischen Zeitung und komme gerade von der Pressekonferenz, in der von dem nächtlichen Zwischenfall und der Entdeckung des Tunnels informiert wurde. Ist das in Berlin jetzt an der Tagesordnung?" Wolfgang erzählte ihr, dass Fluchtversuche keineswegs an der Tagesordnung sind und es im geteilten Berlin weitestgehend ruhig zugeht. Tote, wie gestern Nacht, sind keineswegs alltäglich. Er sprach dann von seinem beabsichtigten beruflichen Neueinstieg hier in Westberlin und vergaß dabei nach den Hintergründen von Tamaras Tätigkeit zu fragen, zumal ihre Antwort plausibel klang und letztlich den Tatsachen entsprach. Dass sie mit falschen Papieren, unter einem anderen Namen im Auftrag der kubanischen Abwehr hier weilte, hatte sie ihm selbstverständlich verschwiegen. Als er sie nach ihrem Talisman fragte, griff sie triumphierend in ihre Handtasche und hielt das Zwanzig-Pfennig-Stück hoch. Sein Angebot, sich noch einmal zu treffen, stimmte Tamara zu. Sie wusste, dass sie damit die Flucht nach vorn antrat. Wieder auf der Straße, steuerte Wolfgang auf den nächsten S-Bahnhof zu. Auf Tamaras Hinweis, dass ein guter Westberliner

108

die S-Bahn meidet, entgegnete er nur: „Die S-Bahn ist billiger, den Luxus, nur U-Bahn zu fahren, kann ich mir zurzeit noch nicht leisten." Lachend verschwand er im Eingang des Bahnhofes. Tamara blieb mit ihren Gedanken allein zurück. Nach offizieller Lesart war Wolfgang ein Verräter. War er das? Tamara war überzeugt, wenn Wolfgang ihre wirkliche Identität und Aufgabe hier kannte, er darüber schweigen würde. Sie hatte während ihrer Zeit in Berlin vor dem Mauer-Bau täglich erlebt, dass Menschen, ja sogar Kollegen aus ihrem unmittelbaren Umfeld, in den Westen gingen. Was hatte Wolfgang jetzt erst bewogen, diesen Schritt zu tun? Er hätte ja bis August 1961 genügend Gelegenheit gehabt. Die heutige Begegnung führte ihr die Widersprüchlichkeit der gesellschaftlichen Realität deutlich vor Augen.

In ihrer Pension angekommen, schaltete sie den Fernseher ein. Ein sich drehendes Waschmittelpaket von riesiger Waschkraft nahm den gesamten Bildschirm ein. Sie drehte am Kanalwähler. Drei Buchstaben *t. t. t.,* von einem Oval eingerahmt, verloschen gerade. Die drei *t's* standen für **t**ausend-**t**ele-**t**ipps, der ostdeutschen Fernsehwerbung. Sie war beim Drehen am Kanalwähler im Deutschen Fernsehfunk mit Sitz im Ostberliner Stadtteil Adlershof angekommen. Wenn sie wissen wollte, was diesseits und jenseits der Mauer passiert, dann erfährt sie das am Besten über das Fernsehen aber immer vom anderen. Sie schaute auf das Geschehen ohne hinter- her zu wissen, was sie gerade gesehen hat. Mit ihren Gedanken war Tamara in ihrer alten Heimat im Osten Berlins. Ein Besuch verbot sich. Unvermittelt stand sie auf, schaltete den Fernseher ab und zog sich an. Eine Besichtigung der innerstädtischen Grenze war ihr schließlich nicht verboten. Vor dem Brandenburger Tor angekommen, konnte sie dieses nur zu dreiviertel sehen. Der untere Teil war durch die Mauer verdeckt. Der Anblick gab ihr doch einen leichten Stich ins Herz. Es war weniger das eigene Empfinden, dazu war sie zu wenig Berlinerin, sondern eher der Gedanke wie es den Menschen ergangen ist, die seit Jahren und Jahrzehnten in dieser Stadt leben und ihr die Treue gehalten haben, als die Grenze errichtet wurde. Abgeschnitten war nicht nur das klassizistische Bauwerk, sondern auch ihre ehemalige Heimat hatte sich von der übrigen Welt abgeschottet. Das neue Deutschland hatte sich zu seinem Schutz von der alten Welt, wie sie es nannte, verbarrikadiert. Über all dem wehte die ihr so vertraute Flagge mit dem Hammer, Zirkel und Ährenkranz in der Mitte. Sie blickte nach rechts zum Reichstag. Auf diesem war die Fahne schwarz – rot – gold pur gehisst. Zwischen Brandenburger Tor und Mauer hatte man ein Podest errichtet, auf dem an diesem Abend zwei Grenzer lungerten und mit dem Fernglas die Ruine des Reichstages betrachteten. Tamara schenkten sie keine Beachtung. Sie ging weiter in Richtung Potsdamer Platz... .

„Wir wurden nachts geweckt und mussten zur X-Zeit bei der Volkspolizei erscheinen. Dann folgte das Übliche: Antreten, Waffenausgabe und Appell. Ich war bei den Kampfgruppen bis zu meiner Übersiedlung...“ Wolfgang lächelte leicht bei dieser Wortwahl, weil diese im Osten für seinesgleichen nicht benutzt wurde und fuhr fort:

„In den frühen Morgenstunden des 13. August wurden wir vom Entschluss der Regierung, die Grenze nach Westberlin dicht zu machen, informiert. Besonders betonte unser Kommandeur, dass diese Aktion in Übereinstimmung mit den

110

Verbündeten der Warschauer Vertragsstaaten erfolge. Je näher wir der Sektorengrenze kamen, desto dichter wurde die Truppenansammlung. Es war so alles da, was du dir nur denken konntest. Die Volksarmee mit Panzern, die Bereitschaftspolizei, die Zivilverteidigung mit schwerer Bautechnik und dazwischen wir als lebende Mauer. So ging das etwa einen Monat bis in den September hinein. Dann wurden die Kampfgruppen abgelöst und konnten nach Hause gehen." Wolfgang brach ab und schwieg. Er blickte durch alles hindurch. Das Erlebte zog noch einmal an seinem geistigen Auge vorüber. Dann schüttelte er verneinend den Kopf und nahm einen Schluck aus dem Weinglas.

Tamara hatte von dieser Aktion nur durch ein Telefonat mit ihren Eltern erfahren und in der heimischen Berichterstattung dazu etwas gesehen und gehört. Jetzt, wo sie wieder vor Ort ist, drängte es sie, Einzelheiten heraus zu finden: „Und wie denken die Menschen drüben darüber? Im kubanischen Fernsehen haben sie uns erzählt, dass die Bevölkerung geschlossen hinter den Maßnahmen Ulbrichts steht und den Mauerbau - dass sind jetzt meine Worte - begrüßt." Wolfgang verwies auf sein eigenes Schicksal und das der anderen Tunnelflüchtlinge.

„Wir sind nur die Spitze des Eisberges. Im Übrigen ist es doch sehr zweifelhaft um die Daseinsberechtigung einer Regierung bestellt, die ihre Landsleute einsperren muss, damit die Menschen ihr nicht davonlaufen. Ihr Kubaner habt Glück. Ihr lebt auf einer Insel. Castros Mauer ist das Meer." Tamara entgegnete, dass der Vergleich zwischen Kuba und der DDR, zwischen Castro und Ulbricht doch etwas unpassend sei. Bei aller Ähnlichkeit der politischen Strukturen ist die Haltung der Bevölkerung zum herrschenden

System doch unterschiedlich. Wenn sie nicht fest an den Sieg der Revolution glauben würde, dann säße sie nicht in Westberlin, widersprach sie schroff und bestimmt der Wolfgangschen These vom Meer als Mauer. Tamara biss sich auf die Lippen. Hatte sie mit ihrer letzten Bemerkung ihre eigentliche Tätigkeit nicht etwas zu deutlich dargelegt? Wo war ihre Vorsicht geblieben? Schon ihre Einladung an Wolfgang, sie hier in dieser Pension zu besuchen, stellte einen Verstoß gegen die konspirativen Regeln dar. Andererseits war Wolfgang die einfachste Lösung, um detaillierte Kenntnisse darüber zu erhalten, was seit ihrem Weggang aus Berlin geschehen war. Seine umfassenden Kenntnisse als Einheimischer rechtfertigten das Risiko.

Wolfgang hatte ihren verbalen Ausrutscher trotz vermeintlicher geistiger Abwesenheit bemerkt und fragte sie direkt, warum sie hier sei und was sie wirklich mache: „Dein Journalismus ist doch nur ein Feigenblatt, ein Aushängeschild für eine ganz andere Arbeit", mutmaßte er. „Sie haben Recht, Herr Doktor Mertens", erwiderte sie und sah ihn dabei spitzbübisch an. Ehe er sein Verhör fortsetzen konnte flüsterte sie: „Ich möchte mit dir schlafen, Wolfgang." Zur Bekräftigung ihres Wunsches beugte sie sich vor und gab ihm einen Kuss.

Der Herr mit der randlosen Studentenbrille war alles andere als ein Student. Vom Alter her wäre er wahrscheinlich zwischen echten Kommilitonen im Hörsaal kaum aufgefallen. Bloß sein Kontostand dürfte sich von denen der meisten Studierenden erheblich unterscheiden. Wer einen Blick dafür hatte, sah, dass dieser Mann nicht jede Mark umzudrehen brauchte, bevor er sie ausgab. Obwohl seine Kleidung leger wirkte, sah man, dass sie den Boutiquen rund um den Kurfürstendamm und nicht den Wühltischen des KadeWe´s entstammte.

„Wir können noch in diesem Jahr ein Handelsvolumen in einem zweistelligen Millionenbetrag mit Kuba abwickeln. Die Zahlungen erfolgen über eine kanadische Bank. US-amerikanische Banken bleiben außen vor. Auch meine Firma ist nicht daran interessiert, mit amerikanischen Gesetzen in Konflikt zu kommen. Deshalb wickeln wir die Lieferungen über Karibik- und andere Staaten ab. Damit dürften sich Ihre Bedenken bezüglich der Blockade, die man Kuba auferlegt hat, zerstreuen." Vorsichtig schlürfte er dabei an seiner Wiener Melange und nahm einen Bissen vom Apfelstrudel. Diesem Treffen waren wochenlange konspirative Verhandlungen voraus gegangen.

Angefangen hatte alles bei einem der Senatsempfänge, auf denen neben den Vertretern aus Wirtschaft, Politik und Geisteswelt, wie meist üblich, die Vertreter der Presse geladen waren. Dabei hatte Tamara den jungen Kaufmann kennen gelernt. Getreu dem Motto, „Klagen ist der Gruß der Kaufleute", hat er der attraktiven Argentinierin sein Leid über die generelle Geschäftsflaute geklagt. Während er seinen Kummer mit Rehrücken und Bordeaux zu Leibe rückte, erzählte er ihr, dass seine Firma vorwiegend im Ost-West-Handel tätig sei. Durch den Mauerbau und den damit verbundenen politischen Turbulenzen, hätte es Einbrüche im Geschäft mit dem Osten gegeben. Das Gespräch entwickelte sich in Richtung neuer Handelsbeziehungen und Tamara erkannte hier eine Möglichkeit, für Kuba günstige Konditionen zu erwirken. Da sie keine Zusagen machen konnte und auch ihre Rolle als Journalistin aufrechterhalten werden musste, trennte sie sich von ihm mit den Worten. „ Wir bleiben in Verbindung." Das war ganz im Sinne dieses Herrn, der ihr hoheitsvoll seine Visitenkarte überreichte. *Diplom-Kaufmann Werner Daubert, Export – Import* las sie. Die leicht parfümierte Karte nannte auch die diversen Firmensitze Berlin-W., Hamburg und Wien. Interessant an diesem Gespräch war für Tamara, dass der sogenannte „Westen" auch nicht einmütig hinter der Politik seiner Regierenden steht. Gerade die Männer der Wirtschaft halten nicht viel von Blockaden, Embargos, Kontensperrungen und anderen Aktivitäten des kalten Krieges. Wenn sie Geschäfte machen können, dann her mit den Kunden, auch wenn es Kommunisten sind. Das war das Resümee dieses denkwürdigen Empfanges. Nun galt es die Verbindung mit Habana herzustellen. Mit ihrem Kontaktmann vereinbarte sie, dass dieser in Ostberlin in der kubanischen Botschaft das Problem vorträgt. Es wurde ein Balanceakt zwischen Diplomatie und Geheimdienst. Normaler weise arbeiten Geheimdienstler nicht mit den Diplomaten ihres Landes im Ausland zusammen. Aber die außergewöhnliche Situation erforderte außergewöhnliche Maßnahmen. Man musste die Gelegenheit beim Schopfe packen.

Die Verbindung zur Export – Import – Firma des Herrn Daubert und dem kubanischen Außenhandelsministerium fand dann in Wien statt. Die vermeintliche argentinische Journalistin hatte ihr Betätigungsfeld in Vorbereitung der Beratungen hierher verlegt. Der Beratungsort Wien erwies sich insofern als günstig, da hier auch deutsch gesprochen wurde.

Als alles vorbei war, nahm einer der Handelsvertreter aus ihrer Heimat Tamara in seine Arme und drückte sie an sich. Dabei flüsterte er ihr ins Ohr: „Die besten Grüße von Che. Das hast du sehr gut gemacht, Tamara. Wir werden dich demnächst zurückholen."

VII. In Bolivien

Von Che und ihren Freunden verabschiedete sich Tamara mit dem Hinweis, in Mexiko zu arbeiten. Sie ließ sich von Freunden zum Flughafen bringen, um nach Mexiko-City zu fliegen. Dort angekommen, traf sie sich in einem Hotelzimmer mit einer Mulattin. Die Frau sprach spanisch mit französischem Akzent. In diesem bescheidenen Vororthotel waren Abhöranlagen nicht zu befürchten. Es war eher eine Pension für Arbeiter, die sich in der Woche hier aufhielten und am Wochenende zu ihren Familien zurückkehrten. Hotelgäste im eigentlichen Sinne waren hier im Haus in der Minderheit. Die Französin übergab Tamara ihre neuen Papiere und das Flugticket nach La Paz. Die Papiere, mit denen Tamara eingereist war, gab sie der Frau zurück. Von nun an hieß sie Laura Bauer und kam aus Deutschland. Der Reisepass war grün und auf seinem Einband war ein Adler eingeprägt. An Hand eines Reiseführers hatte sie sich mit ihrer fiktiven Heimat vertraut gemacht, falls sie wider Erwarten auf einen vermeintlichen Landsmann stoßen sollte. Die beiden Frauen verabschiedeten sich. Tamara blieb über Nacht und flog erst am Morgen weiter.

Die Französin ging, nach dem sie das Hotel verlassen hatte, durch die ärmlichen Vorortstraßen zur nächsten Haltestelle. Als sie auf die Hauptstraße einbog, stoppte wenige Meter vor ihr ein Mannschaftswagen der Polizei und riegelte die

Straße ab. „Was jetzt?", dachte sie. Sie hatte zwar ordentliche Papiere, aber die Ausweise einer fremden Frau in der Tasche. Neben ihr tauchte ein Kino auf. Eines der kleinen Zeitkinos mit fortwährendem Einlass. Als sie in den verdunkelten Raum eintrat, bemerkte sie ihren Irrtum. Sie war in einem Porno-Kino gelandet. Zögerlich nahm sie auf einen der äußeren Sitze neben einem alleinsitzenden Mann platz. Als er sah, dass sein Nachbar eine Frau war, machte er eine obszöne Bemerkung, deren Inhalt sie, Dank ihrer mangelnden Spanischkenntnisse, nicht ganz verstand. Sie drehte sich verstohlen um und erkannte ein Pärchen, das sich auch in dieses Kino verirrt hatte. Jedenfalls empfand sie es als Erleichterung, nicht die einzige Frau zwischen all den Männern zu sein. Die Französin sah nach ihrer Uhr. In fünf Minuten wird sie wieder gehen und sehen, ob die Luft rein ist. Solange muss sie es hier aushalten. Mit schräger Kopfhaltung blickte sie nach vorn. Vom Fahrersitz eines Lastwagens aus schaute der Kinobesucher auf ein vorausfahrendes Cabriolet, bestückt mit zwei üppigen Blondinen, die, dem Charakter des Filmes angemessen, unbekleidet waren. Dabei taten die Damen so unbefangen, als ob es das Normalste sei, nackt im offenen Wagen durch die Großstadt zu fahren. Der LKW-Fahrer derart abgelenkt übersah eine auf Rot gestellte Ampel und verursachte einen Verkehrsunfall. Mit dem Krachen auf der Leinwand vermischte sich das Öffnen der seitlichen Kinotüren. Polizei betrat die Spielstätte. Alle Besucher mussten das Kino verlassen und sich beim Hinausgehen einer Gesichtskontrolle unterziehen. Die Polizisten grinsten nur geringschätzig, als die beiden Frauen an ihnen vorüber gingen. „Das ging noch einmal gut", dachte die Französin und holte tief Luft, als sie wieder auf der Straße stand. Der Einsatz von Tamara hätte heute und hier schon zu Ende sein können.

Es war eine jener Sommernächte, in denen es nie richtig dunkel wurde und das Leben erst nach Sonnenuntergang wieder in Gang kam. Die Nacht war weich wie Samt. Die Sterne leuchteten nicht nur am Firmament, sondern auch auf den Kognak- und anderen Flaschen mit hochprozentigem Inhalt, die das Büffet bevölkerten. In der Mitte der Tafel auf einer hohen Schale thronte eine Ananas. Dem Hausherrn wurde nachgesagt, dass er zu vorgerückter Stunde zur Machete greift und die Frucht mit einem einzigen Hieb halbiert. Aber soweit war es noch nicht. Der erste Ansturm war beendet und die Scharen, entlang der Tafel lichteten sich bis auf Nachzügler oder Dauereresser. Tamara zählte sich zu den Nachzüglern. Das Büffet war für sie nicht alleiniger Ort zur Nahrungsaufnahme, es diente ihr eher als Informationszentrum. Sie war nicht hier, um sich zu amüsieren, sondern um Kontakte zu knüpfen. Kontakte zu Männern, von denen sie glaubte, dass sie ihr nützlich sein könnten. Ihr schwarzes Sommerkleid wurde von zwei Spagettiträgern gehalten und endete wenige Zentimeter oberhalb der Knie. Der Rückenausschnitt begann dort, wo ihre langen dunklen Haare endeten. Einige Herren, mit und ohne weibliche Begleitung, hatten sich bereits verstohlen nach ihr umgesehen, ohne sie jedoch anzusprechen. Hinter ihr am Tisch hörte sie Lachen und Gläser klirren. Ein Mittvierziger mit Kraushaar und bräunlichem Teint schenkte mehreren Damen aus einer voluminösen Champagnerflasche nach, begleitet von mehr oder wenig geistreich-frivolen Bemerkungen. Tamara drehte sich kurz um. Den Mann

hatte sie kürzlich erst gesehen. Bei dem Meeting vorige Woche, zu dem sie eingeladen war, saß er vorn mit am Tisch. Er war ein „Alpha"-Mann. Ein Angehöriger jener selbsternannten Befreiungsarmee, die angetreten ist, Kuba von Castro und den Kommunisten zu befreien. Welche Rolle genau er in dieser Streitmacht innehat, war auf diesem Meeting nicht zu erfahren. „Wenn er hier erscheint, dann war er bestimmt kein subalternes Format", schlussfolgerte sie. Alles was in Wirtschaft, Politik und Diplomatie Rang und Namen hatte, war auf dieser Party, zu der der Direktor einer namhaften lateinamerikanischen Bank geladen hatte, versammelt. Neben den uniformen Smokings waren auch die Streitkräfte des Landes durch hochrangige Offiziere vertreten. Im Gegensatz zu Europa, scheint man hier nicht unbedingt auf Anonymität Wert zu legen. Ein General zeigt, dass er ein solcher ist und erscheint Lametta behangen zum Empfang. Ähnlich denkt auch die hohe Geistlichkeit, die durch zwei Herren im violetten Ambiente dieser Party die Ehre gaben.
Kurz entschlossen kippte Tamara den Inhalt ihrer Sektschale unter den Tisch, trat von hinten an den Kubaner heran und streckte ihm mit einem gewinnenden Lächeln das Glas entgegen. Als es erst zu einem Drittel gefüllt war, versiegte die Quelle. „Warten Sie, schöne Frau, ich lass uns eine Neue öffnen." Diensteifrig drehte sich der Kubaner suchend nach einer Bedienung um. „Bekommen Sie eine solche Flasche nicht allein auf?", fragte ihn Tamara. Sie bückte sich und holte aus einem mit Eiswasser gefüllten Behälter eine noch geschlossene Flasche der gleichen Marke unter dem Tisch hervor. Mit dieser unkomplizierten Art hatte sie den Mann für sich eingenommen. Es blieb nicht beim Einschenken.

Wie Tamara richtig in Erinnerung hatte, stellte sich der Mann als Offizier des Alpha-Teams und Schweinebucht– Kämpfer vor. „Laura Bauer vom hiesigen Goethe-Institut", entgegnete sie ihrerseits. (Die Einladung in ihrer Tasche war tatsächlich an das Goethe-Institut gerichtet.) Während sie das sagte, bemühte sie sich, ihrem Spanisch einen fremdländischen Klang zu verleihen, wie sie es in Deutschland bei Leuten gehört hatte, die diese Sprache erlernen wollen. Der Trick funktionierte. Der Mann erzählte ihr von Kuba, seinem Heimweh und von seinen politisch-militärischen Ambitionen gegen die bestehenden Verhältnisse auf der Insel.

„Sie sind sozusagen die Hoffnungsträger der Nation gegen Castro?" Ehe der Mann auf ihre Frage einging, fragte er: „Darf ich Ihnen nachschenken?" Dabei berührte er ihre Hand, die das Glas hielt. Der Geruch seiner parfümierten Finger stieg Tamara in die Nase und machte ihr den Mann höchst unsympathisch. Ein Offizier, der sich parfümiert, war etwas, was nach ihren Vorstellungen überhaupt nicht zusammenpasst. Und diese Partyhelden wollen ihre Heimat, in deren Auftrag sie hier war, besiegen. Lächerlich! Sie lachte wirklich und der Mann mit der Champagnerflasche in der Hand nahm sich insgeheim vor: „Der Abend heißt Laura."

„Sie gehören also zu jenen Helden, auf deren Schultern die Hoffnung der demokratischen Welt ruht, Kuba in die Freiheit zurückzuholen?" Sie wusste aus ihrer Zeit in Deutschland, dass die Deutschen gern in globalen Dimensionen schwelgen. Mit dieser absichtlich pathetisch gestellten Frage wollte Tamara dem Alpha-Mann suggerieren, aus Europa zu kommen. Er hatte sich inzwischen als Camilo vorgestellt und schwadronierte über den hohen Kampfgeist sei-

119

ner Männer. Hoch motiviert und einsatzbereit wartet das Alpha-Team auf den Tag „X". Hier und in anderen Ländern sind die Trupps auf kleine Camps verteilt, während in Florida die Hauptmacht stationiert ist. Tamara bemerkte, dass es diesem Camilo jetzt und hier nicht in erster Linie um die Einnahme Kubas geht, sondern darum, sie zu erobern. Ehe er wieder in der Schweinebucht landet, will er erst einmal in ihrem Bett landen. Je höher der Alkoholspiegel stieg, desto deutlicher wurde dieser Held bezüglich seiner amourösen Absichten. Leicht bei ihm eingehängt, kamen sie am Swimmingpool an.

„Ich habe jetzt Lust, eine Runde zu schwimmen", sagte Tamara. Im Becken tummelten sich bereits einige, vorwiegend jüngere Gäste beiderlei Geschlechts. Die wenigsten trugen Badebekleidung. Da sich Tamara auch zu den jüngeren Gästen zählen durfte, drückte sie ihrem Begleiter die Sektschale in die Hand, zog sich aus, band ihr Haar hoch und verschwand mit einem Kopfsprung im Wasser. Ihrer Aufforderung, ebenfalls ins Becken zu steigen, kam Camilo nicht nach. „Dann schenken sie mir bitte noch einmal nach", bat sie ihn. Als er sich mit der gefüllten Schale herabbeugte, geschah es: die glatten Ledersohlen seiner Schuhe fanden keinen Halt auf dem vom Wasser überspülten Beckenrand und rutschten weg. Der Versuch, nach dem Sturz nach hinten weg zu rollen, misslang, und der Offizier landete im Wasser. „Sie hätten sich vorher ausziehen sollen", witzelte Tamara, vermied es aber, ihrer Schadenfreude deutlicher Ausdruck zu verleihen. Inzwischen waren andere Gäste zu Hilfe geeilt und fischten den Kubaner aus dem Becken. Camilo hatte sich offensichtlich den Arm verstaucht. Während Tamara sich rasch und unauffällig anzog, hatte man den Verunglückten in ein Gästezimmer gebracht. Der Hausherr war so freundlich, Camilo einen Jogging-Anzug zur Verfügung zu stellen. Außerdem ließ er eine Flasche Rum zum Aufwärmen auf das Zimmer bringen. „Was bin ich für ein Trottel! Schlimmer als ein pubertierender Halbwüchsiger habe ich mich gegenüber dieser Frau benommen. Warum ist man als Mann so verwundbar?" stellte er resignierend fest und betastete seinen Arm. Mit „verwundbar" meinte er nicht die Verstauchung, die er sich zugezogen hatte. Während er noch seinen trüben Gedanken nach hing, klopfte es und Tamara kam herein. Mit einem schuldbewusstem Lächeln hockte sie sich neben ihn hin, strich ihm über den Kopf und entschuldigte sich mit der mitfühlenden Frage: „Haben Sie Schmerzen? Soll ich uns ein Taxi rufen?" Jetzt, wo er so angeschlagen vor ihr saß, hatte sie Mitleid und empfand sogar etwas Sympathie für ihn, zumal sein Parfümgeruch dem Chlorgeruch des Pools gewichen war. Er wirkte nicht mehr so überheblich. „Ich bin selber Schuld, Laura."

„Es ist doch legitim, dass man über seine Arbeit spricht und zu den Aufgaben steht, die man sich vorgenommen hat", meinte Tamara und wollte das unterbrochene Gespräch über seine Arbeit im Alpha-Team wieder in Gang bringen. Nachdem auch sie sich einen Rum eingeschenkt hatte, tranken sie schweigend. Der Kubaner betrachtete seinen Arm, der anzuschwellen begann und drehte ihn hin und her, dabei die Finger bewegend. Tamara beruhigte ihn und meinte, dass es wahrscheinlich nur eine Prellung sei und er sich nichts gebrochen habe. Dabei schenkte sie ihm unauffällig nach. Einen großen Schluck nehmend begann er fluchend zu erzählen:

„Wenn Sie es genau wissen wollen. Ich habe Heimweh nach der Insel. Manchmal ist es mir egal, ob ich als Sieger mit der Befreiungsarmee zurückkehre oder einfach als Privatperson. Ich bin überzeugt, dass die Chance, Castro zu besiegen, gegenwärtig immer mehr schwindet."

„Das klingt ganz anders, als noch vor einer halben Stunde", dachte Tamara für sich, beließ es aber nur bei einem Stirnerunzeln.

„Die Amerikaner kürzen uns laufend die Mittel und jünger werden die Männer auch nicht. Nicht nur unsere Waffen, sondern auch die Männer rosten ein. Während Kuba seine Streitkräfte im afrikanischen Busch trainiert, sitzen wir herum und warten."

Tamara schüttelte verneinend ihren Kopf mit dem Hinweis, dass sie sich für Militärpolitik bisher wenig interessiert habe, obwohl sie genau wusste, worüber Camilo sprach. Dieser merkte beim sinkenden Pegel in der Rumflasche nicht, dass sich Tamara mit der nächsten Frage selbst widersprach: „Sie halten es also für unmöglich, noch in diesem Jahr auf Kuba zu landen und das Castro-Regime zu liquidieren?" „Jawohl", und dabei rülpste der Exiloffizier dezent, „absolut unmöglich." Dann nannte er Tamara noch einige bemerkenswerte Vergleichszahlen bezüglich des Alpha-Teams und der kubanischen Streitkräfte, die seine Behauptung bekräftigen sollten.

Während die beiden im stillen Kämmerlein bei einer Flasche Rum die militärpolitische Lage analysierten, ging es auf der Party weniger ernsthaft zu. Inzwischen hatten andere Herren Camilos Unfall nachgeahmt und sich im Smoking ins Wasser gestürzt. Danach ließen sie sich von hilfsbereiten Damen ausziehen und trocknen. Die anwesenden Eminenzen hatten sich zurückgezogen, was ebenfalls dazu beitrug, die sittliche

Hemmschwelle rapide sinken zu lassen. Als sich Camilo nunmehr mit geliehenem Jogging-Anzug erneut blicken ließ, erregte er kaum noch Aufsehen, da die Kleidung der meisten männlichen Gäste erheblich durcheinander geraten war. So gelang es Tamara, unauffällig die Party zu verlassen, noch ehe sie auf Camilos Wiedersehenswunsch antworten musste.

Wenige Tage nach der Party, deren Verlauf inzwischen Stadtgespräch unter den oberen Zehntausend geworden war und die sich zum politischen Sittenskandal auszuweiten drohte, traf sich Tamara mit einer dunkelhäutigen Frau im Foyer des Goethe–Institutes. Tamara übergab ihr einen Zettel, der sich mühelos auf das Format einer Zigarettenschachtel zusammenfalten ließ. Das war zwar keine konspirative Spitzenleistung aber für die hiesigen Verhältnisse genügte es vorerst.

„Aber nicht aus Versehen mit der leeren Schachtel wegwerfen!", ermahnte Tamara die Journalistin, die bereit war, Tamaras Aufzeichnungen in Kuba abzuliefern. „Soviel rauche ich nicht bis morgen. Ich fliege heute noch nach Mexiko-City und bin dann morgen Abend in Habana", entgegnete ihr die Frau. Mit einer Umarmung verabschiedeten sich die beiden von einander.

Das Telefon klingelte: „Laura, ich habe die Nacht von Ihnen geträumt. Sie trugen ein weinrotes Nachthemdchen mit schwarzer Spitze" „.... und Sie hatten vermutlich nichts an", unterbrach sie den frivolen Redeschwall eines Mannes. Dabei dachte sie krampfhaft nach, wem die Stimme gehören könnte. Als es am anderen Ende der Leitung ruhig blieb, legte sie auf. Nicht, dass sie

123

vor Spinnern Angst hätte, aber für die Arbeit außerhalb des Goethe–Institutes war es nicht ratsam, unnötig Aufmerksamkeit auf sich zu lenken. Ihr Auftreten bei der Party hatte ihr, bei allem aufklärerischen Erfolg, harsche Kritik eingebracht. Der Sprung ins Wasser rief die Skandal-Presse auf den Plan. Selbst bei der Leitung des Institutes löste ihr lateinamerikanisches Temperament zwiespältige Gefühle aus. Resümee, sie hatte sich zu weit aus dem Fenster gelehnt und das tat weder der Geheimdienstarbeit noch dem offiziellen Job gut. Erneut klingelte das Telefon. Am anderen Ende der Leitung meldete sich „Camilo Diaz", der Alpha–Offizier und entschuldigte sich für seine verbale Attacke. Tamara lenkte ein, in dem sie einräumte, den Traum nicht schlecht zu finden. Er habe in der Wahl des geträumten Nachthemdes Geschmack bewiesen, denn sie findet, dass ihr Weinrot und Schwarz durchaus stehen würden. Sie fragte am Telefon nicht, wie er sie gefunden hat. Es war nicht in ihrem Sinn, für naiv gehalten zu werden, denn es wäre naiv, Überraschung gegenüber jemandem zu zeigen, dem man seinen Namen und die Arbeitsstelle genannt hat. Tamara willigte schließlich der Einladung zu, erhoffte sie doch, auf diese Weise Kontakt zum hiesigen Militär zu bekommen. Das Profil ihrer Aufklärungsarbeit begann sich zu verschieben. Nicht mehr den Stand der Angriffsabsichten gegen Kuba galt es zu ermitteln. Kuba schickte sich an, die Revolution nach außen zu tragen. Sie hatte erfahren, dass Che sein Ministeramt niedergelegt hatte, aus der Regierung ausgetreten war und sich auf eine andere Aufgabe vorzubereiten begann. Die Entscheidung, ob Bolivien oder ein anderes Land in Mittelamerika, war noch nicht gefallen. Getreu den geheimdienstlichen Prinzipien, politische Entwicklungen und militärische Möglichkeiten rechtzeitig zu erkennen, galt es, für einen bevorstehenden Guerillakrieg gewappnet zu sein. Ihr kubanischer Verehrer lud sie ins Kino ein. Um ihr, der Frau aus Deutschland, einen Gefallen zu tun, hatte er einen deutschsprachigen Film aus der Kategorie der so genannten Heimatfilme gewählt. Tamara fand weniger die Handlung belustigend, als vielmehr die spanische Übersetzung, die als Untertitel eingeblendet wurde. Dabei merkte sie, wie wenig die Übersetzer es verstanden, das deutsche Gemüt in die Übersetzung einfließen zu lassen. In ihrem knapp zehnjährigen Aufenthalt in Deutschland hatte sie bereits entsprechende Gefühlslagen mitbekommen um zu erkennen, dass die spanischen Untertitel eine schlechte Übersetzung darstellten. Die Kopie des Filmes war ebenfalls von geringer Qualität und da das Kino nicht zu den ersten Häusern hier in der Hauptstadt zählte, blieb der künstlerische Eindruck nicht gerade nachhaltig. Das ihr Heimatland offensichtlich ein sehr schönes Land sei, war die Feststellung des Exiloffiziers, der Europa nur aus Filmen und Zeitschriften kannte. „Der Film spielt in Österreich, dort wird auch deutsch gesprochen", erklärte sie ihm. „Ach, das ist das andere Deutschland?", fragte er zurück. Das dieser Mann von der politischen Landkarte Europas überhaupt nichts wusste, beruhigte sie und erleichterte ungemein die Rolle, eine Frau aus der Bundesrepublik zu spielen, obwohl sie außer Westberlin bisher keinen Einblick in die dortigen Lebensverhältnisse erlangt hat. Hier, jenseits des großen Teiches, wo man die Existenz von vier Ländern, in denen Deutsch gesprochen wird, gar nicht oder nur sehr nebulös kennt, werden solche Unterschiede kaum wahrgenommen.

„Nein, Senor Diaz, es gibt zwei Staaten in Deutschland: uns, die Bundesrepublik Deutschland und die russisch besetzte Zone, die sich Deutsche Demokratische Republik nennt. Außerdem gibt es noch die Republik Österreich. In der Schweiz wird neben Französisch und Italienisch in einigen Kantonen Deutsch gesprochen. Den Film, den wir gesehen haben, spielt in Österreich. Das liegt südlich von Deutschland. Falls Sie mal einen Atlas mit einer Europakarte zur Hand haben, zeige ich Ihnen diese Länder."

„Laura, Sie sind eine gebildete Frau. Lassen Sie uns noch ein Glas Wein trinken und erzählen Sie mir von Ihrer Heimat", entgegnete der Kubaner. Seine Komplimente machten ihn in ihren Augen nicht sympathischer. Sie hütete sich, die Verhältnisse ihrer vermeintlichen Heimat allzu detailliert zu beschreiben. Sie erzählte ihm von Berlin, der deutschen Hauptstadt, die, wie das Land im Großen, ebenfalls in vier Sektoren geteilt ist. Ein Umstand, der ihrem Begleiter ebenfalls unbekannt war. Um möglichst auf keine Einzelheiten eingehen zu müssen, verglich sie die beiden Hauptstädte Berlin und Habana. Damit weckte sie das Heimweh bei ihm und konnte ihn um so besser ausfragen. Aus seinen Antworten entnahm Tamara, dass er tatsächlich seit längerem aus Kuba weg war und von den Veränderungen nach der Revolution aus eigenem Erleben nichts berichten konnte.

Das Lokal, in das er sie geführt hatte, wurde von auffällig viel Militär besucht. Nicht, dass die Taverne ihr wie die Filiale eines Offizierskasinos vorkam, trotzdem war die Zahl der Uniform tragenden Gäste größer, als sie es aus anderen Gaststätten, in denen sie sonst verkehrte, gewöhnt war. Währen sie sich unterhielten, erschien am Eingang ein einzelner Offizier und schaute sich suchend um. Dann steuerte er direkt auf ihren Tisch zu und begrüßte den Kubaner freundlich aber zurückhaltend. Tamara gab er die Hand und nannte Rang und Namen. Letzteren hatte sie nicht verstanden und grüßte mit einem unverbindlichen „Sehr erfreut, Herr Major", zurück. Diaz blieb nichts weiter übrig, ihn am Tisch Platz nehmen zu lassen. Tamara stellte er als Senora Bauer aus Alemania vor. Erfreut war er von dieser Störung wahrlich nicht. Hatte es ihm doch Mühe gekostet, Tamara nach Wochen endlich einmal einzuladen. Trotzdem ließ er ein drittes Glas kommen und schenkte ein. Dabei forderte er ihn auf, den Grund seines plötzlichen Besuches, hier zu vorgeschrittener Stunde, zu nennen. Mit sorgenvoll-ernstem Gesicht berichtete der bolivianische Offizier von einer bevorstehenden Guerillainvasion unter Führung eines Comandante aus Kuba.

„Wenn ich sie Recht verstehe, meine Herren, dann sind nicht sie es, die Kuba befreien, sondern die Kubaner kommen hier her, um die Revolution zu exportieren?" Der Major lächelte maliziös, während der Kubaner den Seitenhieb gegen sein Alpha– Team sehr wohl verstanden hatte. Unter diesen Umständen, fuhr Tamara fort, müsse sie eine Rückkehr nach Deutschland in Erwägung ziehen. Der Major beruhigte sie dahingehend, dass sie in der Hauptstadt sicher sei und er hoffe doch, sie noch öfters zu treffen.

„Der Fisch hat angebissen", dachte Tamara und sicherte ihren Fang mit den Worten: „Dann müssen Sie mich über die militärische Lage auf dem laufenden halten. Denn Presse und Rundfunk neigen dazu, die Gefahr herunter zu spielen. Wenn der Flugplatz von den Guerillas erst einmal besetzt ist, dann gibt es keine Rückkehr." Zur Bekräftigung drückte sie ihm ihre Visitenkarte mit

der Anschrift und Telefonnummer des Goethe–
Institutes zum Abschied in die Hand. Als der Major gegangen war, äußerte Tamara den Wunsch,
nun ebenfalls zu gehen und bedankte sich bei
ihrem kubanischen Verehrer für den gelungenen
Abend. Im Taxi schob Camilo seine Hand zwischen ihre Schenkel. Mit dem Hinweis. Dass
heute nicht der geeignete Tag dafür sei, verabschiedete sie sich und dem Kubaner blieb nichts
anderes übrig, als allein weiter zu fahren.

VIII. Tania la Guerrillera

Der Brief in der Hauspost trug nur ihren Namen,
keinen Absender, keine Briefmarke und keinen
Poststempel. Auf die Rückfrage, woher der Brief
komme, sagte man ihr nur, dass ein Soldat ihn
persönlich abgegeben hat.
Liebe Frau Bauer!
Seit unserem Treffen sind mehrere Wochen ins
Land gegangen. Dienstliche Verpflichtungen
hatten meine Abwesenheit in der Hauptstadt zur
Folge. Ich habe uns Konzertkarten besorgt. Mu-
sik aus Ihrer Heimat: Beethoven
Mit lieben Grüßen
....
Die Unterschrift war unleserlich.

Die Appassionata war verklungen. Der Solist
verneigte sich und, als wolle er den Flügel in den
Applaus mit einbeziehen, hielt sich mit der linken
Hand an diesem fest, während er sich verneigte.
Tamara und der Major wurden aus dem Konzert-
saal gespült. Er war in zivil und so schwammen
sie unauffällig in der Masse mit. Auf dem Weg

zum Parkplatz lud er sie zu sich nach Hause ein, da dass, was er ihr zu sagen habe, nicht für alle Ohren gedacht sei. Während der Fahrt sprach er über Deutschland. Er kenne das Land, denn er war mit einer Militärdelegation schon einmal in Berlin. Er verglich die Westsektoren mit einer Zuckerdose und den Ostteil der Stadt mit einem Kohlenkasten. Auf die Frage, ob dieser Vergleich auch auf das geteilte Land insgesamt zuträfe, erwiderte Tamara vorsichtig: „Die Menschen im Osten leben bestimmt immer noch besser, als die Masse der Menschen hier zu Lande." Sie habe in Ostberlin keine Obdachlosen unter Brücken und auf Abluftkanälen schlafen sehen.

„Senora Bauer, Sie sind eine Linke!", stellte der Major fest. Tamara erschrak. Ein solcher Stempel kann hier zu einer Gefahr werden. Ausweichend, mit Anspielung auf ihre Tätigkeit räumte sie ein, dass Goethe, nach heutigen Wertvorstellungen, auch als links einzustufen wäre. Der Offizier schüttelte leicht den Kopf und verwies auf die große Verehrung, die Goethe dem französischen Kaiser Napoleon entgegenbrachte. Ausweichend bemerkte sie, dass das eine interessante Frage sei.

Inzwischen waren sie vor der Wohnung angekommen. Er erzählte ihr, dass seine Frau und Kinder bei den Schwiegereltern sind, um bei der Ernte zu helfen. Nachdem sie die Wohnung betraten, führt sie der Hausherr sogleich in sein Arbeitszimmer, das in seiner Größe eher einer besseren Besenkammer gleicht. Eine Wand war bis zur Decke mit einem voll belegten Bücherregal zugestellt. Als Arbeitsplatz und Schreibtisch diente die aufklappbare Tischplatte eines Sekretärs, der von Aktenschränken umrahmt wurde. Unter dem Mansardenfenster hing eine mit taktischen Zeichen gespickte Landkarte Boliviens.

Sie wurde durch kleine Magnetscheiben, die von einer unter der Karte befindlichen Blechplatte angezogen wurden, gehalten. Wortlos löste der Major einige Symbole von der Karte und ersetzte sie durch neue. Mit einem, „So, das hätten wir", kommentierte der Hausherr sein Tun, während ihm Tamara interessiert zuschaute. „Wenn Sie mir jetzt noch verraten, was die einzelnen Zeichen bedeuten, dann kann ich die Karte lesen", meinte Tamara. Es war den bolivianischen Streitkräften bisher nicht gelungen, dem Gegner ernsthafte Verluste beizubringen. In dem waldreichen Gebirge war der Einsatz schwerer Waffen unmöglich und auch die Luftwaffe fand kaum geeignete Ziele. Hinzu kam, dass die Männer in den Wäldern offensichtlich gut geführt wurden und diszipliniert kämpften. Der Major beschönigte nichts und stellte trotzdem glaubwürdig dar, dass eine Gefahr für die Hauptstadt und ihre Bewohner nicht besteht.

Im Gegensatz zu Diaz bemerkte der Bolivianer, dass die vermeintliche Deutsche in der Lage war, in militärischen Dimensionen zu denken. Daraufhin angesprochen, erzählte sie, dass sie früher bei den Pfadfindern war und ihr Vater, ein ehemaliger Offizier, ihr oft vom Weltkrieg erzählt hat. Behauptungen, die ihrer Legende nicht zuwider liefen. Da der Mann mit Leib und Seele an seinem Beruf hing und ihn die militärische Lage mit Sorge erfüllte, war er froh, in ihr eine aufgeschlossene Gesprächspartnerin gefunden zu haben. Darüber vergaß er völlig, dass seine Ambitionen ursprünglich in eine ganz andere Richtung gingen, als er Tamara aufforderte, mit in seine Wohnung zu kommen. Tamara kannte jetzt die geplanten Operationen der Armee gegen die Guerillas. Was sie aus den Karten des Majors nicht hatte ersehen können, erzählte er ihr auf geschicktes Befragen hin.

Gleich am nächsten Morgen bestellte sie telefonisch den Kurier und übergab ihm das Material, das sie, noch in der Nacht aus dem Gedächtnis zusammengestellt hatte. Ein Treffen mit dem Offizier war somit nicht mehr erforderlich. Aber so abrupt wollte sie die Beziehung nicht abreisen lassen. Wer weiß, welche Informationsquellen oder Kontakte sich noch erschließen. Sie stand von ihrem Schreibtisch auf und schaute auf die Straßenkreuzung. Ein Blick aus dem Fenster des Goethe–Institutes erfasste die Sehenswürdigkeiten des Stadtzentrums. Links die Kathedrale, rechts ein Palast, der mehreren Ministerien Platz bot und in der Mitte der Blick auf die Allee ins Stadtzentrum. Doch was Tamara jetzt sah, war alles andere als erfreulich. Die Allee befuhr ein Personenkraftwagen mit Armeekennzeichen und steuerte direkt auf die Einfahrt des Institutes zu. Neben dem Fahrer erkannte sie ihren Verehrer. Von hinten näherte sich ein zweites Militärfahrzeug. Ein Kübelwagen amerikanischer Bauart mit Sondersignal. Auf Höhe des mit dem Major besetzten Wagens angekommen, wurde dessen PKW Mittels einer Signalkelle gestoppt. Militärpolizisten stiegen aus und forderten die Insassen zum Umsteigen auf. Diese schienen zu protestieren. Aber die beiden Militärpolizisten hielten ihm ihre schussbereiten Waffen vor die Brust. Der Major wurde auf die hinteren Sitze des Kübels bugsiert und ab ging es. Der PKW durfte nach diesem kurzen Stopp seine Fahrt fortsetzen und verschwand aus Tamaras Blickfeld. Von den Passanten hatte kaum einer Notiz von dieser Festnahme genommen. Was soll sie jetzt tun? Hängt die Verhaftung mit ihrer Arbeit zusammen? Sie entschloss sich, die Szene nicht zur

131

Kenntnis zu nehmen und so zu tun, als ob nichts gewesen wäre. Vielleicht bleibt es bei ihrer a-bendlichen Verabredung, obwohl sie nach dem Vorfall nicht mehr so recht daran glauben wollte. Tamara ging zu ihrem Schreibtisch zurück und versuchte, zu arbeiten. Nach etwa einer Stunde wurde ihr ein Besucher gemeldet. Ein alter Mann betrat das Büro. In der Hand eine Bibel in deutscher Sprache, die er dem Goethe-Institut vermachen wollte. In Tamara schrillten die Alarmglocken. Es war das Zeichen für höchste Gefahr. Tamara und der Alte wechselten noch ein paar belanglose Worte, dann verschwand er so schnell er gekommen war. Sie blätterte in dem Buch. An Hand des Codes teilte man ihr mit, sofort aus La Paz zu verschwinden. Tamara schloss alles sorgfältig weg. Mit der Bibel in der Hand verließ sie das Institutsgebäude und ging zum Bus, der sie in einen kleinen Vorort brachte. Dort hatte sie einen geländegängigen Wagen auf einem Bauernhof abgestellt. Ungesehen erreichte sie das Grundstück und holte den Zündschlüssel und die Papiere aus dem Versteck. Im Kofferraum lag das Fluchtgepäck bereit: Drillich, Rucksack, eine neun Millimeter – Pistole, etwas Geld, Lebensmittel und ein kleiner Kanister für Trinkwasser, den sie sich am Brunnen füllte. Tamara ist mit diesem Kübelwagen selten in der Stadt, aber weder vor ihrer Wohnung noch am Institut vorgefahren. Nachdem sie sich umgezogen hatte, startete sie Richtung Gebirge. Ein Blick auf das Armaturenbrett zeigte ihr, dass genügend Kraftstoff im Tank war. Der Landmann, auf dessen Hof der Wagen versteckt war, erwies sich als zuverlässiger Kamerad. Die Tamara, die jetzt hinter dem Lenkrad des Kübelwagens saß, hatte mit der Laura Bauer aus dem Goethe– Institut äußerlich wenig gemein. Ihr langes Haar

hatte sie hochgesteckt und unter einer Schirm-
mütze aus Drillich versteckt. Zusammen mit dem
Anzug aus dem gleichen Stoff war auch nicht
sofort erkennbar, dass eine Frau hinter dem
Steuer saß. Die Sonnenbrille mit den dunklen
Gläsern tat ein übriges, ihre Erkennbarkeit zu
erschweren.

Neben der sofortigen Aufforderung, die Hauptstadt zu verlassen, nannte der codierte Bibeltext
auch den Treffpunkt mit der Gruppe um Guevara.
Sie entschloss sich, am Abend und in der Nacht
soweit wie möglich an den Zielort heranzufahren,
aber erst nach Sonnenaufgang in das Gebirgs-
massiv vorzudringen. Es war August und der
Frühling stand vor der Tür. Der Regen brachte
kühles Wetter in die Berge. „Pilzwetter", dabei
dachte Tamara an ihre Zeit in Deutschland zurück. Von nun an verließ sie die große Zufahrts-
straße, um möglichen Straßensperren auszuweichen und erreichte am späten Vormittag den
Rand des Massivs. Vor einem viertel Jahr war
der Weg nach oben in eins der Dörfer, in denen
Che und seine Männer Stellung bezogen hatten,
noch frei. Aus den Karten und den Aussagen des
Majors aus La Paz wusste sie, dass ein Durch-
kommen mit dem Wagen nicht mehr möglich
war. Sie fuhr noch ein Stück bergauf in den Wald
und tarnte ihn sorgfältig. Die Nummernschilder
wurden vorsorglich abgeschraubt und unter dem
Boden des Wagens versteckt. Dann begann der
beschwerliche Aufstieg. Sie wusste, dass sie
noch mehrere Stunden Fußmarsch vor sich hatte. Mit dem Wagen wäre sie in einer knappen
Stunde oben gewesen.

Plötzlich raschelte es. Ein schlürfendes Ge-
räusch verriet, dass hinter ihr jemand von einem
Baum heruntergerutscht ist. Sie drehte sich herum und blickte in ein bartumrahmtes Gesicht und

in die Mündung einer automatischen Waffe. Tamara nannte eine Parole und das Gesicht ihres Gegenüber erhellte sich. „Tania!", begrüßte sie der Companero freudig. Von den Guerrilleros war ihr dieser Name gegeben worden. „Wie geht es Che?", war ihre erste Frage. „Nicht gut, sein Asthma macht ihm wieder zu schaffen und wir haben keine Medikamente mehr für ihn", erwiderte ihr Begleiter. Im Lager auf dem Plateau brachte man Tamara in einem der Häuser unter. Che war da und sie berichtete sofort, was in La Paz vorgefallen war und wie es ihr, Dank des Einblicks in die Lagekarten, gelungen war, alle Sperren zu überwinden und an den Stellungen der Armee unbemerkt vorbei bis zum Vorposten vorzudringen. Nach ihren Angaben zeichnete einer die erkannten Stellungen des Gegners in eine Skizze ein. Wieso Tamara beziehungsweise der Major aufgeflogen waren, konnten die Männer hier im Gebirge nicht klären, da zur Zeit keine anderen Kontakte in die Hauptstadt bestanden. Fest stand jedoch, dass Tamara vorerst nicht mehr zurück kann und hier bleiben muss.

Am nächsten Morgen erwachte Tamara von einem Brummen, dem ein mehrmaliges Krachen explodierender Bomben folgte. Beim Hinauslaufen stieß sie mit einem Mann zusammen, der sie gerade abholen wollte. Beide rannten auf den Waldrand zu. Dort hatte ein Guerrillero bereits mit einem MG, dessen Lauf in einer Astgabel klemmte, das Feuer auf die beiden Flugzeuge eröffnet. Tatsächlich wurde eins getroffen und flog eiligst zurück, gefolgt von dem zweiten. Viel Zeit zum Jubeln blieb nicht, als der Vorposten meldete, dass Soldaten den Berg erklimmen, um das Plateau zu besetzen. Che teilte Tamara den Männern zu, die hier oben im Dorf bleiben sollen und verabschiedete sich. Es blieb nur Zeit für ein zärtliches Streicheln über den Kopf und ihr Gesicht. Sie drückte seine Hand nur kurz an ihre Wange, dann trennten sie sich. Erinnerungen an ihre erste Nacht, als sie in ihrem roten Bademantel in seinem Hotelzimmer auf ihn wartete, kamen in ihr hoch. Aber für Wehmut blieb in dieser Situation keine Zeit und Tamara kehrte in das Haus zurück, in dem sie übernachtet hatte. Der Explosionsdruck hatte glücklicher Weise kaum Schäden verursacht. Das Häuschen am Rande des Plateaus bot einen guten Überblick. Nach den Grundsätzen der Taktiklehre hätte man hier ein schweres Maschinengewehr, einen Granatwerfer oder eine noch größere Waffe stationieren müssen, um das Dorf wirksam verteidigen zu können. Außer ihrer Pistole hatte Tamara jedoch nichts zur Hand. Eine andere Waffe hatte sie noch nicht erhalten. Sie suchte in ihrem Gepäck nach Munition. Drei kleine Schächtelchen mit neun Millimeter Patronen hatte sie bei sich. Wie lange sie damit auskommen musste, wusste sie noch nicht, noch hoffend, dass man ihr eine MPi geben wird.

Beim Griff nach ihren Papieren klimperte es und eine gelb glänzende Münze rollte durchs Zimmer. Das Zwanzig-Pfennig-Stück von Wolfgang, das er ihr bei der Abreise aus Berlin geschenkt hatte, war beim Herausnehmen der Ausweise mit heraus gefallen. Tamara überlegte, wann sie das Geldstück das letzte Mal in der Hand gehabt hatte. Das liegt ein knappes Jahr zurück, als sie von der Ankunft Che Guevaras und seiner Mitkämpfer hier in Bolivien erfuhr. Damals hatte sie sich diese Ausrüstung zugelegt und dabei auch die Münze, gleich einem Talisman, in der Brusttasche der Uniform verstaut. Nach kurzem Überlegen steckte Tamara das Geldstück wieder ein, obwohl das den strengen Vorschriften widersprach, Gegenstände und Papiere bei sich zu führen, die über die Identität des Guerrilleros Auskunft geben könnten. Ihre Ausweise warf sie in die Flammen eines brennenden Hauses.

Was da aus dem Wald zu hören war, klang nicht gut. Schüsse aus Granatwerfern, über die die Guerrilleros nicht verfügten, gaben den Ton an. Dazwischen ein paar MPi - Salven, deren Herkunft sie von hier oben nicht ausmachen konnte. Sie blickte aus dem Fenster. „Nein, das ist nicht wahr!", schrie sie, als Soldaten aus dem Wald auf das Dorf zugelaufen kamen. Sie riss ihre Pistole hoch und schoss das Magazin leer. Eine Handgranate, die glücklicher Weise im Nebenraum detonierte, war die Antwort der Angreifer. Der Druck schleuderte sie in eine Zimmerecke... .

Über dem Kartentisch rotierte der Ventilator. Seine kühlende Wirkung war jedoch nur auf den Tisch und die unmittelbar darumstehenden Personen beschränkt. Der Oberst hatte sich über denselben gebeugt. Die aufgelegte Landkarte mit den taktischen Zeichen und den Angaben über die Truppen, deren Stärke und Bewegungen interessierten ihn jetzt nicht. Die Operation war erfolgreich abgeschlossen und die Guerrilleros liquidiert. Auf dem Tisch lag die spärliche Ausbeute dessen, was man den Toten an persönlichem Hab und Gut sowie an Dokumenten abgenommen hatte.

„Das ist ja nicht gerade sehr aufschlussreich", meinte er zu dem neben ihm stehenden Abwehroffizier. „Haben Sie erwartet, Pässe oder vielleicht kubanische Militärdokumente zu finden, dann muss ich Sie enttäuschen." Bei diesen Worten griff der Leutnant ungefragt in die Zigarettenschachtel des Offiziers, die am Rand des Kartentisches lag und entnahm ihr eine. Mit der ihm eigenen Angewohnheit stippte er die Zigarette erst mehrmals auf, ehe er sie anzündete. Der Oberst ärgerte sich über die Arroganz des Abwehroffiziers, ließ es sich aber nicht anmerken. Statt dessen schob er die Frage nach: „Sie sagten, unter den Toten wäre eine Frau gewesen?"

„Vermutlich war sie eine Deutsche", antwortete der Leutnant und griff sich aus den Asservaten ein kleines Tütchen heraus. Noch ehe er den Inhalt zeigen konnte erwiderte der Oberst erschrocken:

„Das gibt diplomatische Verwicklungen! Weiß es der Außenminister schon? Ist das so eine Verrückte, die in ihrem Urlaub einmal Krieg spielen wollte, umgeben von wilden Männern?" „Keine Sorge, Herr Oberst. Die Frau kommt nach unseren bisherigen Erkenntnissen aus Ostberlin. Da gibt es keine diplomatischen Verwicklungen." Zur Bestätigung seiner Vermutung holte der Leutnant aus dem Tütchen eine Messingmünze und reichte sie ihm: „Die haben wir in ihrer linken Brusttasche gefunden." Dieser las die Zahl „20" und auf der Rückseite die Inschrift „DEUTSCHE DEMOKRATISCHE REPUBLIK".

„Was denn, jetzt schickt uns der Ostblock schon seine Kommunisten nach Bolivien? Sie sagen, ich soll mir keine Sorgen machen. Demnach ist der Einsatz der Frau politisch motiviert und nicht nur der Spleen einer exaltierten Europäerin?"

„Einzelheiten wissen wir noch nicht. Hätten ihre Leute nicht alle erschossen, dann könnten wir sie jetzt befragen. So sind wir vorerst nur auf Vermutungen angewiesen. Wenn sich diese bestätigen, handelt es sich bei der Toten um eine gewisse Tamara Bunke. Sie kam vor Jahren aus Ostdeutschland nach Kuba."

„Für die junge Frau war es wahrscheinlich besser, dass wir sie gleich erschossen haben, bevor ihre Leute sie b e f r a g t hätten."

Bei dieser Anspielung auf die Folterpraktiken des Geheimdienstes schüttelte der Abwehroffizier nur verneinend den Kopf und entgegnete: „Eine solche Frau legt man nicht auf den Grill. Die hebt man sich für den Politpoker auf, insbesondere wenn es sich um eine Europäerin handelt. Auch den Guevara hätte ich nur gefangen genommen und in ein Lazarett gesteckt, damit er sein Asthma auskurieren kann." Die beiden Offiziere stritten noch eine Weile über Sinn und Unsinn der Liquidierung und kamen zu dem Ergebnis, dass zwischen Truppe und Abwehr nur selten Konsens in solchen Fragen herzustellen sei. Mit dem Hinweis, die Armee auf dem Laufenden zu halten, verabschiedete sich der Abwehroffizier.

IX. In memoriam, made in GDR

Von der Wand lächelte säuerlich Geno-Wa-Ulb (SED-interner Spitzname für **Geno**sse **Wa**lter **Ulb**richt) auf die Versammelten herab. Die Herren trugen Anzug oder saßen nur im Hemd da. Eins war ihnen gemeinsam: das dunkelblaue Oberhemd mit dem Emblem der aufgehenden Sonne auf dem linken Oberarm. Obwohl es sich bei den Herren um eine Zentralratssitzung der Freien Deutschen J u g e n d handelte, war doch die Mehrzahl der Anwesenden bereits in den „besten Jahren" und hatte die Vierzig überschritten. Die Sitzungsteilnehmer waren ausnahmslos Berufsjugendliche. Da spielt das tatsächliche Lebensalter nur eine untergeordnete Rolle. Der Vorsitzende ging zum nächsten Tagesordnungspunkt über und verlas eine Mitteilung des Außenministeriums.

Entsprechend der offiziellen Verlautbarung des Außenministeriums der Republik Kuba ist bei den Befreiungskämpfen in Bolivien die Bürgerin der Deutschen Demokratischen Republik, Tamara B u n k e gefallen. Mit dem Tod der jungen Genossin haben die revolutionären Kräfte einen schmerzlichen Verlust erlitten.

„Dieses Schreiben, liebe Jugendfreunde ermächtigt uns, das Wirken Tamaras politisch zu würdigen. Ich darf erinnern, dass sie ebenfalls Mitglied unseres Jugendverbandes war. Ich schlage deshalb vor, ihr posthum die Ehrenmitgliedschaft unseres Verbandes zu verleihen. Wer dafür ist, den bitte ich um das Handzeichen. Nach der Todesanzeige, die ihre Eltern im NEUEN DEUTSCHLAND veröffentlicht haben, erwartet die Partei, dass wir reagieren."

Geschlossen, wie auf Kommando, gingen sämtliche Arme hoch. Außerdem wies der Vorsitzende an, den Namen Tamara Bunke zur Verleihung an Schulen, Produktionsbrigaden in der Industrie sowie an Truppenteile bei der Volksarmee freizugeben und betonte nochmals, dass mit dem Tod Tamaras eine Bürgerin des sozialistischen Deutschlands ihr Leben für den antiimperialistischen Befreiungskampf gegeben hat. Einer der Anwesenden mahnte zur Zurückhaltung, da, soweit er sich erinnern konnte, Tamaras Entschluss, nach Kuba zu gehen, sehr zwiespältig aufgenommen worden war. Ja, es gab sogar Stimmen, die damals von einer sanktionierten Republikflucht gesprochen haben. Ein anderer warf ein, dass man ihr die Reisedokumente erst nach Intervention durch die kubanische Botschaft ausgestellt hat. Der Vorsitzende lehnte sich zurück und meinte mit jovialer Stimme:

„Aber Jugendfreunde, was spielt das jetzt noch für eine Rolle? Und außerdem, jeder gute Kommunist darf Fehler machen und aus diesen lernen. Also haben wir aus unseren Fehlern gelernt und würdigen das Verhalten der Verstorbenen. Wenn wir Tamara jetzt nach ihrem Tod publik machen müssen, dann bitte nicht unter Nennung der Querelen, zumal diese mehrere Jahre zurückliegen. Die Würdigung von Tamaras Tod ist auch im Sinne der Partei, was ich noch einmal ausdrücklich betonen möchte. Deshalb sollten wir nicht mehr über das W a r u m , sondern nur noch über das W i e beraten. Kurze Pause."

Der Vorsitzende erhob sich, griff zu seiner Zigarettenschachtel und verließ das Sitzungszimmer. Nachdem er eine Zigarette entnommen hatte, stippte er diese mehrmals auf die Schachtel, damit sich der Tabak verfestigen sollte. Erst dann steckte er sie in den Mund und entzündete sie.

Im zwanglosen Gespräch auf den letzten Tagesordnungspunkt angesprochen, meinte er zwischen zwei Lungenzügen:

„Wenn der Klassenfeind unsere Genossin umbringt, muss er es sich gefallen lassen, dass wir sie auf einen Sockel stellen. Schließlich reibt man uns ja auch jeden Toten an der Berliner Mauer unter die Nase. Dieser Propaganda des Westens müssen wir etwas entgegensetzen."

*   *   *